La Centrale

Première de couverture : © Bruno Amsellem/Signatures.
Deuxième de couverture : [h] © Raymond Depardon/Magnum Photos ; [b] © Prod DB/ Les Films Velvet/DR.
Troisième de couverture : Théâtre-Musée Dalí, Figueras, © Aisa/Leemage © Salvador Dalí, Fundació Gala-Salvador Dalí/Adagp, Paris, 2014.
Pages 10 et 11 : schéma et carte de Laurent Blondel/Corédoc.
Page 130 : © Bamberger/Agence Opale.
Page 147 : © Plantu.

170 bis, boulevard du Montparnasse, 75680 Paris cedex 14

ISBN 978-2-7011-8942-0
ISSN 2104-9610

CLASSICOLYCÉE

La Centrale

ÉLISABETH FILHOL

Dossier par Marianne Hubac

Agrégée de lettres modernes

BELIN ■ GALLIMARD

Sommaire

Pour entrer dans l'œuvre 8

Schéma du fonctionnement d'un réacteur nucléaire 10

Carte des sites nucléaires en France 11

Chinon 13

Arrêt sur lecture 1 68

Le Blayais 73

Arrêt sur lecture 2 123

Le tour de l'œuvre en 8 fiches

Fiche 1 Élisabeth Filhol en 11 dates 130
Fiche 2 L'œuvre dans son contexte 131
Fiche 3 La structure de l'œuvre 132
Fiche 4 Les grands thèmes de l'œuvre 139
Fiche 5 Les personnages du roman 141
Fiche 6 Un roman entre documentaire et réquisitoire 143
Fiche 7 La question de l'Homme face au nucléaire 145
Fiche 8 Citations 148

Groupements de textes

Groupement 1. Sur la route, le personnage itinérant en littérature 153
Groupement 2. Écrire le travail aux XXe et XXIe siècles 162
→ Questions sur les groupements de textes 170

Vers l'écrit du Bac

Sujet. Dire la solitude dans les romans contemporains 171
→ Questions sur le corpus et travaux d'écriture 178

Fenêtres sur... 179

Des ouvrages à lire, des films et des documentaires à voir, des œuvres d'art à découvrir et des sites Internet à consulter

Glossaire littéraire 182

Glossaire technique 184

Pour entrer dans l'œuvre

Le 1er mai 1986, jour de son anniversaire, Élisabeth Filhol est à Paris. Il fait très beau. Cinq jours plus tôt a eu lieu la catastrophe nucléaire de Tchernobyl, mais personne ne semble s'inquiéter d'un quelconque danger.
Quelques années plus tard, elle décide de se lancer dans l'écriture. Elle s'intéresse déjà au nucléaire depuis une quinzaine d'années lorsqu'en 2007 elle débute un roman dans lequel il est question de l'accident de Tchernobyl. Mais l'annonce d'une vague de suicides à la centrale de Chinon est un choc qui va bouleverser ce projet. Sans être jamais entrée dans une centrale, elle se documente : l'image rassurante d'une industrie de haute technologie, sûre et maîtrisée, vole en éclats.
Paru en 2010, *La Centrale* est le fruit de ses recherches et d'une élaboration littéraire minutieuse. Ce roman fait entendre la voix de Yann, un jeune technicien intérimaire désemparé après un incident lors d'une intervention de maintenance sur un réacteur. L'emploi de la première personne du singulier permet au lecteur de pénétrer plus facilement dans cet univers si particulier, même si le regard du narrateur demeure finalement assez neutre. La chronologie éclatée du récit est le résultat d'un travail de réorchestration par l'auteur, qui parle de l'écriture comme d'un art du montage, reprenant ainsi le vocabulaire cinématographique.

Dès sa sortie, ce roman a été couronné par le prix France Culture-Télérama et a reçu un accueil très positif. Il a pu être lu comme un docufiction ou un livre militant, mais c'est avant tout le récit terrifiant d'un jeune homme qui mène, comme plusieurs milliers d'autres travailleurs du nucléaire, un combat invisible contre «la dose», l'irradiation. La peur d'avoir dépassé le quota d'exposition aux rayons radioactifs est en effet l'obsession permanente de ces techniciens qui œuvrent quotidiennement, au mépris de leur santé voire de leur vie, pour permettre une production d'électricité à faible coût. Aux yeux de ces intérimaires, que la facilité de trouver un emploi pousse à se tourner vers le nucléaire, le risque est à la fois un moteur et un danger mortel.

Et puisque le mot qui donne son titre au roman désigne également une prison, c'est bien la liberté de ces hommes qu'Élisabeth Filhol interroge aussi.

Roman d'une génération qui se doit de réfléchir au nucléaire, *La Centrale* est un hymne à la poésie de la science, à la beauté froide d'un lieu, avec son langage et son rythme, son bruit ou son silence, et un hymne à la solidarité, à la fraternité parfois insoupçonnée entre les travailleurs.

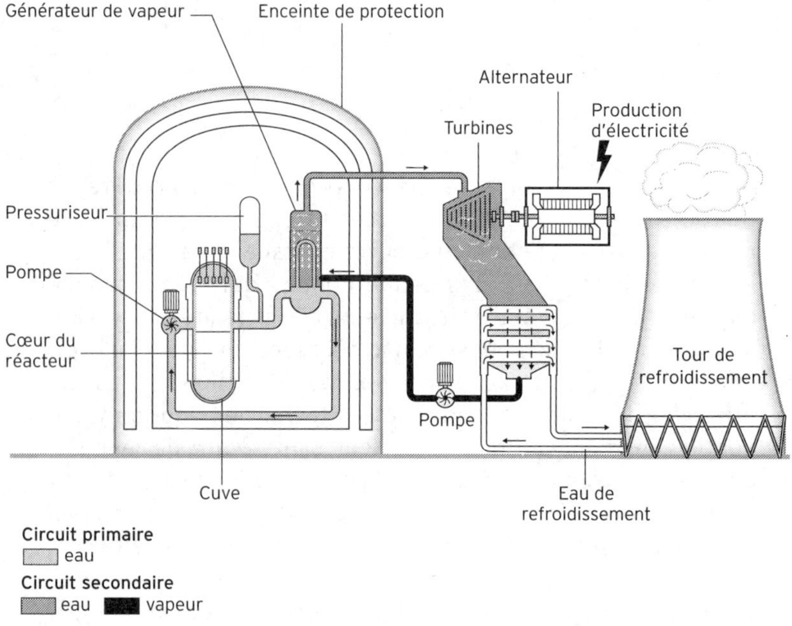

Le fonctionnement d'un réacteur nucléaire.

Dans un réacteur nucléaire à eau sous pression (REP ou EPR), l'eau du circuit primaire, sous pression pour rester liquide, refroidit le cœur du réacteur dans lequel se trouve le combustible, et donc se réchauffe. Elle transforme ensuite en vapeur l'eau d'un circuit secondaire, à laquelle elle transmet sa chaleur dans des générateurs de vapeur. Cette eau secondaire fait alors tourner des turbines connectées à un alternateur, qui produit de l'électricité.

Dans les centrales nucléaires situées le long d'un fleuve ou d'une rivière, l'eau de refroidissement est refroidie par un courant d'air dans une tour aéroréfrigérante d'où elle s'évapore sous la forme de fumée blanche.

Dans les centrales nucléaires situées au bord de la mer, l'eau de refroidissement est échangée directement avec la mer.

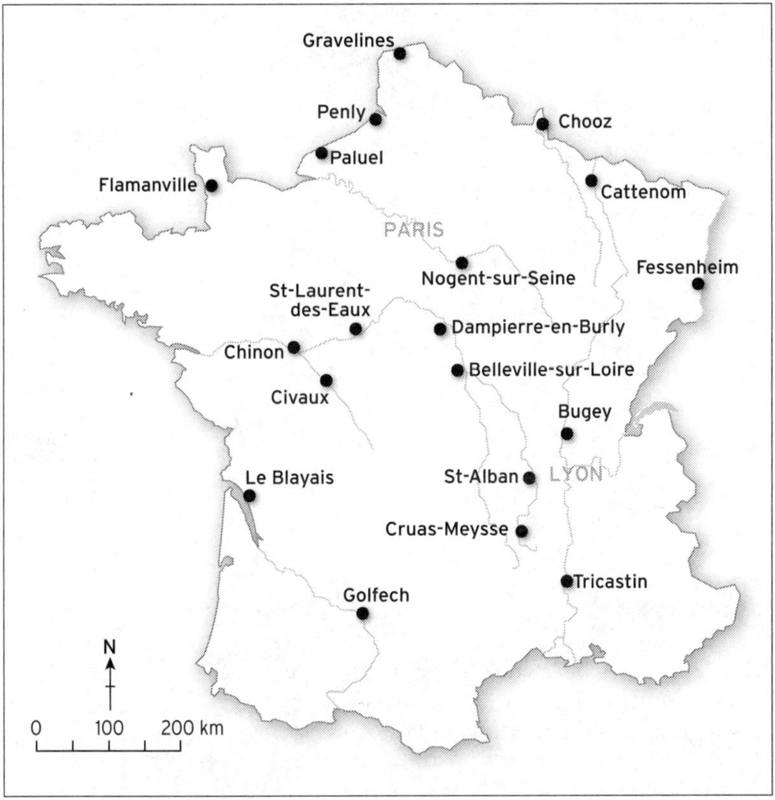

Les sites nucléaires en France.

Chinon

1

Trois salariés sont morts au cours des six derniers mois, trois agents statutaires[1] ayant eu chacun une fonction d'encadrement ou de contrôle, qu'il a bien fallu prendre au mot par leur geste, et d'eux qui se connaissaient à peine on parle désormais comme de trois frères d'armes, tous trois victimes de la centrale et tombés sur le même front. Un front calme. Depuis le début des années soixante et le raccordement du premier réacteur[2] au réseau, le site n'a cessé de s'étendre par tranches[3] successives, comme une agriculture extensive[4], dans une boulimie de terrain, sept tranches au total, d'une technologie graphite-gaz[5] pour les trois plus anciennes qui sont aujourd'hui en cours de démantèlement[6], et le sol remis à nu par endroits et reconverti en aires de stockage. Un grillage électrifié boucle le périmètre. En deçà, c'est le silence. Ce qui frappe au premier abord, c'est ça. Hors le trafic routier et le bruit continu des aéroréfrigérants[7], la perception d'un silence malgré tout sur toute l'étendue du site quand on en fait le tour.

---

1. Dans les centrales nucléaires se côtoient trois catégories de travailleurs: les agents statutaires, qui occupent un poste fixe et sont directement employés par l'entreprise qui exploite la centrale, les salariés des sociétés prestataires, et ceux employés par les agences d'intérim, au statut le plus précaire.
2. **Réacteur**: dispositif dans lequel une réaction nucléaire est produite et dirigée (voir schéma p. 10).
3. **Tranches**: unités de production électrique dans une centrale nucléaire.
4. **Agriculture extensive**: agriculture pratiquée sur de vastes étendues.
5. **Technologie graphite-gaz**: ancien type de réacteur, aujourd'hui remplacé par des réacteurs utilisant de l'eau sous pression (voir schéma p. 10).
6. **Démantèlement**: déconstruction.
7. **Aéroréfrigérants**: tours de refroidissement (voir schéma p. 10).

Je sors, elle est devant moi. Et parmi ceux qui en sortent, de l'équipe du matin, une poignée d'hommes traversent la route départementale et marchent en direction du bar. Au premier, je tiens la porte. Je devrais être parmi eux qui vont boire après leur journée de travail pour faire sas[1], comme par excès de sas et complexité des procédures à l'intérieur, le besoin qu'on éprouve d'une zone tampon avant de rentrer chez soi, en dehors de l'enceinte, et pourtant encore dans sa sphère d'influence, entre collègues qui en parlent et elle toujours à portée de vue, et en même temps au milieu des autres, ceux qui n'en parlent jamais, routiers, livreurs, ouvriers de la société d'autoroutes, artisans, qui pour certains ne la voient même plus, sauf en première page des quotidiens régionaux quand elle fait la une. Avant-hier, un sujet au journal de vingt heures, on s'est réunis, chacun attend. Pour ceux qui ont été interviewés et qu'on connaît, vingt heures dix-sept. Et sur le temps d'interview, ce sont trois phrases au montage qui ont été retenues et c'est bien maigre, mais on voit la centrale, et l'avoir là, à l'écran, avec nos réflexes ordinaires de téléspectateurs pour qui tout ça n'est pas réel, et en même temps la reconnaître, parfois même s'y reconnaître ou un collègue, c'est se réconcilier provisoirement avec elle, et comme un crève-cœur qu'on en soit arrivé là.

Devant les grilles, en cas de coup dur, il y a une solidarité des syndicats qui filtrent et passent au tract[2], un par un, chacun des deux mille salariés qui entrent, dont la moitié seulement a le statut EDF[3] d'agent. Les autres, comme moi, ne sont là que pour les trois à cinq semaines que dure un arrêt de tranche[4], maintenance[5] du réacteur et rechargement en combustible[6], de mars à octobre les chantiers

1. **Pour faire sas** : pour décompresser, pour se détendre (sens figuré) ; au sens propre, le sas est une pièce qui permet le passage entre deux milieux différents.
2. **Passent au tract** : distribuent des tracts.
3. **EDF** : Électricité De France, entreprise qui produit et fournit de l'électricité.
4. **Arrêt de tranche** : arrêt périodique de la production d'électricité dans un réacteur.
5. **Maintenance** : ensemble des opérations d'entretien et de contrôle.
6. **Combustible** : matière qui, au cœur du réacteur, permet d'entretenir la réaction en chaîne à l'origine de la production d'énergie (voir schéma p. 10).

se succèdent à travers la France et les hommes se déplacent d'un site à l'autre, tous salariés des sociétés prestataires[1].

Tous solidaires donc, parce que dans des circonstances pareilles on n'a pas d'autre choix. Et les riverains ? Eux qui ne travaillent pas sur le site mais ont légitimité à se sentir concernés par ce qui s'y passe ? Ce qu'on lit dans les journaux et ce qu'en pensent les gens, c'est que trois décès par suicide à quelques mois d'intervalle, trois techniciens employés à la centrale, quoi qu'en dise la direction, sur le poids de la vie, et qu'on ne peut quand même pas charger la centrale de ce poids-là, alors que rien ne prouve que l'un ou l'autre, époux et père de famille, ait rencontré des problèmes dans sa vie privée, en posant néanmoins la question, et de ce fait en jetant déjà le doute, et de ce doute il restera toujours quelque chose, ce qu'en pensent les gens, sur la loi des séries, c'est qu'il y a en l'occurrence bien peu de hasard et trop de dysfonctionnements, malaise des hommes, et sonnettes d'alarme qui ont été tirées en vain.

Je sors du bar, elle est devant moi, de l'autre côté de la départementale, entrée nord, entrée sud. La centrale, des champs, la zone artisanale.

Les gens de l'industrie disent, le CNPE. Suivi du nom de la localité, Fessenheim, Flamanville, Tricastin[2], si on s'en tient aux sites encore en activité, dix-neuf noms, et pour chacun des cinquante-huit réacteurs, le nom du site suivi du numéro de la tranche, Nogent 1, Chinon 4. CNPE pour Centre nucléaire de production d'électricité. L'exploitant[3], la sous-traitance[4], et les instances de sûreté[5], au total trente-cinq à quarante mille hommes dispersés sur tout le territoire, avec des risques propres et une tournure d'esprit.

---

1. **Sociétés prestataires**: entreprises qui fournissent des services à d'autres entreprises.
2. **Fessenheim, Flamanville, Tricastin**: noms de sites nucléaires français (voir carte p. 11).
3. **Exploitant**: entreprise qui dirige et exploite la centrale.
4. **Sous-traitance**: ensemble des travailleurs qui ne sont pas directement employés par l'exploitant.
5. **Instances de sûreté**: autorités chargées de la sécurité dans la centrale.

Derrière la centrale, le fleuve. Le pont au-dessus du fleuve, d'ici on ne voit que le pont. La sortie d'autoroute est à cinq kilomètres.

À l'heure du changement d'équipe, c'est un flux croissant de véhicules et d'hommes qui rejoignent à pied l'abribus ou vont boire un verre à plusieurs avant de se séparer. Je leur tiens la porte, et eux entrent, on se salue. Au premier coup d'œil, ils savent à quoi s'en tenir. De mon air un peu décalé et du manque visible de tonus chez moi, et peut-être aussi de la façon que j'ai involontairement de ne pas les regarder en face, ils déduisent l'essentiel, que j'ai atteint la dose[1], et qu'on m'a mis au vert[2].

Je remonte à contre-courant le long du grillage jusqu'au poste de garde. Accès limité. L'information s'affiche à l'écran. Le gardien reste imperturbable, arrêt de tranche ou pas, on le sent calé sur un rythme à l'année, nous devant lui, et lui derrière la vitre. Entrées, sorties, des centaines de visages par jour. Les uns nomades, les autres sédentaires[3], et lui inamovible[4], pour finalement toujours les mêmes gestes et une parole économe[5], et comment ne pas en faire des tonnes[6] quand on est assis là ? Il a pris ma carte d'identité, il a saisi mon nom. Il nous compare moi et moi-même tel que vu par l'anthropométrie[7], des gars discutent derrière moi, quand il lève les yeux, il regarde loin au-dessus de nos têtes, va-t'en savoir pourquoi ce besoin, assis haut, de nous prendre d'encore plus haut, il tient pourtant les rênes, c'est lui qui décide dans l'enchaînement de ses gestes s'il accélère ou pas, et pour nous qui défilons devant lui, du temps d'attente ; parmi ceux qu'il connaît ou reconnaît, certains se sentent suffisamment en confiance pour faire un mot,

1. **Dose** : quantité maximale admissible de rayonnements radioactifs reçus.
2. **Mis au vert** : affecté à des travaux non exposés aux rayonnements radioactifs ou mis au repos.
3. **Sédentaires** : qui travaillent sur le même lieu, par opposition aux travailleurs itinérants.
4. **Inamovible** : qui ne peut pas bouger, qui ne peut pas être changé de place.
5. **Économe** : sommaire, restreinte.
6. **En faire des tonnes** : en faire beaucoup trop (familier).
7. **Anthropométrie** : mesure des différentes parties du corps humain permettant ainsi la reconnaissance vocale, digitale, optique, etc.

sa réponse à lui, toute une panoplie de réponses, dans une variété de nuances qui n'est que le reflet de la variété des statuts chez les travailleurs extérieurs, du regard jeté au sourire léger, du sourire complice au salut de la tête ou de la main, et jusqu'au son de la voix qu'on finit par entendre ; mais pour le rire, le rire franc et massif, il faut une bonne plaisanterie de la part d'un gars placé haut dans la hiérarchie du travail en centrale, je ne parle pas de la hiérarchie officielle mais de l'autre, celle qui circule entre nous, dont on se fait une idée assez vite, et lui le gardien qui connaît votre tête et depuis combien de temps elle tourne sur les chantiers, qui dispose de tout votre pedigree[1] à l'écran, lui plus qu'un autre détient les codes et le moyen de vous ennoblir[2], simplement par la façon qu'il a de vous faire l'accueil devant les copains.

Badge magnétique et code d'accès personnel. Deux chiffres, accès restreint. Quatre chiffres, accès en zone contrôlée. Un autre que moi, ce matin, s'est présenté au poste de garde, a franchi les contrôles, l'habillage, et a rejoint les gars de mon équipe pour finir le travail. À présent il se repose en essayant de ne pas y penser, ou de penser que ça n'arrive qu'aux autres, une règle valable pour tous, le risque permanent, statistique, de surexposition[3], et pour lui-même l'exception qui confirme la règle, ou la pensée magique, ça n'arrivera pas. Il est jeune, j'imagine, en bonne forme physique, et son corps lui répond. Tant qu'il n'aura pas fait l'expérience contraire, il s'en tiendra là. La relève. Comme en première ligne à la sortie des tranchées, celui qui tombe est remplacé immédiatement. Dans la discipline, et les gestes appris et répétés jusqu'à l'automatisme. Il y a des initiales pour ça. DATR. Directement affecté aux travaux sous rayonnements. Avec un plafond annuel et un quota d'irradiation[4] qui est le même pour tous, simplement certains en

1. **Pedigree** : généalogie (ironique), parcours.
2. **Ennoblir** : rendre noble, digne.
3. **Surexposition** : fait d'avoir été exposé anormalement aux rayonnements radioactifs.
4. **Quota d'irradiation** : quantité maximale d'exposition aux rayonnements radioactifs autorisée sur une période donnée.

matière d'exposition sont plus chanceux que d'autres, et ceux-là traversent l'année sans épuiser leur quota et font la jonction avec l'année suivante, tandis que d'autres sont dans le rouge[1] dès le mois de mai, et il faut encore tenir juillet, août et septembre qui sont des mois chauds et sous haute tension, parce qu'au fil des chantiers la fatigue s'accumule et le risque augmente, par manque d'efficacité ou de vigilance, de recevoir la dose de trop, celle qui va vous mettre hors jeu jusqu'à la saison prochaine, les quelques millisieverts[2] de capital qu'il vous reste, les voir fondre comme neige au soleil, ça devient une obsession, on ne pense qu'à ça, au réveil, au vestiaire, les yeux rivés sur le dosimètre[3] pendant l'intervention, jusqu'à s'en prendre à la réglementation qui a diminué de moitié le quota, en oubliant ce que ça signifie à long terme. Chair à neutrons[4]. Viande à rem. On double l'effectif pour les trois semaines que dure un arrêt de tranche. Le rem, c'est l'ancienne unité, dans l'ancien système. Aujourd'hui le sievert.

Ce que chacun vient vendre c'est ça, vingt millisieverts, la dose maximale d'irradiation autorisée sur douze mois glissants[5]. Et les corps peuvent s'empiler en première ligne, il semble que la réserve soit inépuisable. J'ai eu mon heure. J'ai été celui qu'on entraîne à l'arrière du front, cours théoriques puis dix jours de pratique sur le chantier école, dix jours ramenés à huit comme au plus fort de l'offensive quand on accélère l'instruction des recrues[6] pour en disposer au plus vite, et à quoi servirait d'investir davantage de temps et d'argent sur eux dont on sait que la carrière sera courte ?

---

1. **Sont dans le rouge** : ont dépassé leur quota.
2. **Millisieverts** : unité de mesure évaluant l'impact des rayonnements radioactifs sur le corps humain.
3. **Dosimètre** : appareil permettant de mesurer la quantité de rayonnements radioactifs absorbée par le corps humain.
4. **Neutrons** : particules élémentaires, constitutives du noyau de l'atome et jouant un rôle essentiel dans la réaction de fission, à l'origine de la création d'énergie nucléaire.
5. **Douze mois glissants** : douze mois successifs.
6. **Recrues** : soldats qui viennent d'être recrutés.

2

« Asseyez-vous. » D'un abord sympathique, la cinquantaine, ce n'est pas lui qui m'a examiné après l'incident. Barbe grise taillée court, le crâne dégarni. Et la peau exposée au soleil par une activité de plein air à l'année, peut-être la voile, au plus près c'est Pornic ou Les Sables-d'Olonne[1]. Il a ouvert mon dossier et lit le compte rendu tel que rédigé par son confrère hier dans le temps même de mes réponses et sans me regarder. Les hommes changent. Le décor reste le même, un cabinet de consultation mis à disposition en bout de couloir, du mobilier métallique et des murs rénovés en jaune sur de la toile de verre, comme à l'hôpital quand on ne veut pas faire blanc, nu, impersonnel, ils sont trois médecins du travail qui se relaient sur la centrale et personne n'imprime sa marque, on arrive avec ses affaires et on les reprend, salariés et médecins tous logés à la même enseigne de la veste accrochée au dossier de la chaise, et du sac – pour ceux qui en ont un – posé par terre côté fenêtre pour que ça ne gêne pas.

Il est assis en bras de chemise[2], un stylo dans la main gauche, la fenêtre à sa droite, devant lui la pochette en carton normalisée du dossier médical avec mon nom inscrit dessus au marqueur noir. Il y avait une dizaine de ces dossiers sur le bureau de la secrétaire, il a pris le premier sur la pile et validé mes nom et prénom, la façon surtout dont on prononce le nom, avant de me faire entrer.

---

1. **Pornic, Les Sables-d'Olonne** : stations balnéaires situées sur la côte Atlantique.
2. **En bras de chemise** : sans veste.

« Asseyez-vous. » La pièce a été refaite récemment. Des gens discutent derrière la cloison. On perçoit un mot distinctement par-ci par-là, mais pas plus, ça ne suffit pas pour suivre une conversation dans son contenu, par contre le rythme, la tonalité, le nombre d'interlocuteurs, oui – du coup, sur des questions un peu personnelles, on ne peut pas s'empêcher de parler plus bas. Pour l'instant rien n'est dit de ce côté-ci, et le murmure des voix de l'autre côté fait tout le fond sonore. Il prend son temps pour lire. On sent qu'il a sa propre pulsation interne. Un rythme bien à lui, qu'il impose, j'imagine, dans ses consultations, quel que soit l'interlocuteur, du plus timide au plus stressé, celui qui a du temps à perdre ou au contraire qui n'en a pas et ne se prive pas de le dire. Un rythme qui respecte les hésitations, les temps morts, et tout ce qui les remplit par l'activité normale des hommes et des femmes derrière la cloison qui s'occupent de l'administratif, les femmes surtout, on n'en croise pas beaucoup dans les centrales, voix, claquement des talons, sonnerie du téléphone.

« Vous vous sentez comment aujourd'hui ? – Aujourd'hui, ça va. » Il n'est pas dupe[1]. Personne n'est dupe mais chacun joue son rôle, à la place qui est la sienne et en conscience. Mon travail à moi, c'est de tout faire pour le garder. Si je me sens bien ? oui. J'ai peut-être accusé le coup[2] hier soir, un petit coup de mou, mais ça va mieux.

La vérité, c'est que je me serais bien couché en rentrant, mais par correction vis-à-vis de Jean-Yves, je ne l'ai pas fait. J'explique qu'on partage à deux la caravane, lui travaille de nuit, moi en général le matin, on s'arrange comme ça.

Donc je ne l'ai pas fait. Pour passer le cap, on s'est assis dehors sous l'auvent[3], et on a bu une bière. Disons deux bières, mais pas plus. Et quand j'ai voulu me lever, le coup de massue. La tête explosée, et plus rien dans les jambes. On a du mal à l'admettre, le corps encaisse, digère, jusqu'à un certain point. Est-ce que j'ai franchi la

1. **Dupe** : naïf, crédule.
2. **Accusé le coup** : montré des signes de faiblesse.
3. **Auvent** : sorte de toit installé devant la caravane pour protéger de la pluie.

limite ? Vingt millisieverts. Je devrais lui poser la question. Je sais que ma santé le préoccupe.

Je sais surtout que pour la fiche d'aptitude – une visite et un tampon tous les six mois –, ça peut se jouer à pas grand-chose, et que des types comme lui, un peu sérieux, au moindre doute, ils n'hésitent pas à vous mettre hors circuit. On n'ira pas leur en faire le reproche, on ne peut même pas leur en vouloir, mais de là à coopérer, il y a un pas qu'assez peu de travailleurs sont prêts à franchir. Donc lui, moi, chacun est dans son rôle. Reste qu'à ce petit jeu, c'est quand même lui qui aura le dernier mot. Il le sait, qui tient la barre, sans brusquer les choses, tout à l'heure je vais me déshabiller, avec les résultats d'examens, analyses de sang et anthropo-gammamétrie[1], son diagnostic, il va pouvoir le faire. Est-ce que j'ai grillé mon quota annuel ? Je lui pose la question, la seule qui en vaille la peine. Il répond sans détour. À ce stade, ils ont du mal à évaluer la dose que j'ai reçue. Il m'explique pourquoi, quelles sont les difficultés, et qu'il va me falloir vivre avec cette incertitude pendant quelques jours, jusqu'à ce qu'on reconstitue l'incident. Il ne me dit pas, je comprends votre inquiétude. Il s'en tient aux faits. Je l'écoute. J'entends ce qu'il dit, mais je ne retiens pas tout. J'ai cette fenêtre à ma gauche depuis le début qui s'ouvre sur le parking, je réalise que j'y reviens, que je mesure le taux de remplissage mécaniquement, que c'est ça qui m'occupe. Et puis ces voix de l'autre côté, elles interfèrent[2] avec les idées, pour peu qu'on ait l'esprit moins clair comme aujourd'hui, et des temps de réaction anormalement longs.

Il s'est interrompu, il me fixe d'un air interrogatif comme s'il attendait que je réponde à sa question. La question, il ne me l'a pas posée, mais c'est tout comme. Il considère cette espèce de flottement chez moi, il ne bouge pas, il me regarde, et là malheureusement on sent qu'il a l'après-midi entière devant lui et que le silence pourrait

1. **Anthropo-gammamétrie** : technique de mesure physique de la radioactivité du corps humain.
2. **Interfèrent** : se superposent, avec pour résultat de brouiller.

durer, à charge pour moi de dire n'importe quoi, ce qui me passe par la tête, mais ça ne vient pas. Et plus j'y pense, moins ça vient, trou noir. Entre les murs vides et le froid du mobilier métallique.

« Racontez-moi votre travail. » Il a reculé sa chaise. Il tourne l'écran vers moi à contre-jour, il sélectionne le fichier prestataires, puis saisit son identifiant et mon numéro matricule[1]. Par où je commence ? Si j'aime ou non, et comment j'en suis arrivé là ? On réfléchit dans ces cas-là, on pense par ajustements. J'interviens à l'ouverture des générateurs de vapeur[2]. Pour l'ouverture, on n'a pas besoin de porter la tenue complète.

La contamination est à l'intérieur. J'explique qu'on fait équipe à trois ou quatre. On se relaie pour poser les plaques qui assurent l'étanchéité[3] avec le circuit primaire[4], comme ça, quand les collègues remplissent la piscine[5] pour décharger et recharger la cuve en combustible, l'équipe qui contrôle les tubes du générateur[6] est au sec et peut intervenir. À la fin du chantier, ils vidangent la piscine. On dépose les plaques avant la remise en eau définitive des circuits. Beaucoup n'aiment pas ce travail. Ils le font une fois, deux fois, et on ne les revoit plus. À cause du circuit primaire. Ils disent que c'est trop dangereux. Effectivement, c'est dangereux, mais il faut bien le faire, et quand on accepte ce genre de contrat, des missions on en trouve partout. Vous franchissez le seuil d'une agence, et c'est signé. Les agences d'intérim poussent autour des centrales comme des champignons, après des mois de galère on se laisse prendre par la facilité : vous entrez, c'est signé.

---

1. **Numéro matricule** : numéro d'identification.
2. **Générateurs de vapeur** : dispositifs servant à échanger la chaleur entre l'eau du circuit primaire et l'eau du circuit secondaire qui alimente la turbine (voir schéma p. 10).
3. **Étanchéité** : absence de passage de l'eau.
4. **Circuit primaire** : circuit fermé contenant l'eau chauffée dans la cuve du réacteur au contact des éléments combustibles (voir schéma p. 10).
5. **Piscine** : bassin d'eau servant à refroidir le combustible usé avant qu'il ne soit stocké ou recyclé.
6. **Tubes du générateur** : surface d'échange entre l'eau du circuit primaire et l'eau du circuit secondaire.

Mon curriculum[1] à l'écran, tout mon parcours en centrale depuis dix mois, les habilitations[2], le bilan radiologique, l'incident d'hier, d'une main sur le clavier il fait défiler les pages. La table d'examen est installée au fond de la pièce derrière une demi-cloison. Pendant que je me déshabille, il m'explique qu'il va falloir que je revienne demain et après-demain pour un suivi. Et vendredi, on reconstitue l'incident sur le simulateur[3]. On se verra avant. D'accord. Quels sont vos projets ? Je lui dis, en avril le Blayais, et en mai Tricastin[4].

---

1. **Curriculum** : ensemble des indications concernant l'état civil, la formation et le parcours professionnel.
2. **Habilitations** : autorisations.
3. **Simulateur** : dispositif capable de reproduire le fonctionnement réel d'une machine ou d'un système à des fins de démonstration ou d'explication.
4. **Le Blayais, Tricastin** : noms de sites nucléaires français (voir carte p. 11).

3

L'eau de la Loire coule dans ses veines. Trois circuits. Circuit primaire et circuit secondaire, fermés. Circuit de refroidissement, ouvert. Ici la Loire, ailleurs la Seine ou le Rhône, jusqu'à la Manche, autant de prises d'eau anonymes dans les rapports d'inspection, désignées « source froide ». La Loire, de préférence dans son lit et hors gel.

Un seul des trois circuits ouvert, qui prélève, puis qui rejette dans l'environnement par le canal de sortie, ou bien qui recycle à quatre-vingt-quinze pour cent ce qu'il prélève par le canal d'amenée, le reste part en vapeur d'eau dans le ciel, un panache[1] blanc au-dessus des installations que l'on voit de loin, qui les inscrit dans le paysage bien avant qu'on y soit, la marque du nucléaire. Blanc sur fond bleu, ici le ciel de Touraine, ailleurs l'Orléanais ou le Cher, soit d'aval en amont, Chinon, Saint-Laurent, Dampierre et Belleville. Au total douze réacteurs puisent dans la Loire, d'une technologie américaine dite à « eau sous pression » exploitée sous licence Westinghouse[2].

Trois cent dix degrés, c'est la température de l'eau dans le circuit primaire. Non pas à l'état de vapeur, mais à l'état liquide. Une eau qui circule. Il faut descendre à mille cinq cents mètres de fond océanique pour trouver ça, à l'aplomb[3] des sources hydrothermales[4],

---

1. **Panache**: nuage de fumée.
2. **Westinghouse**: nom d'une entreprise américaine spécialisée dans le nucléaire.
3. **À l'aplomb**: à la verticale.
4. **Sources hydrothermales**: sources d'eau chaude.

une pression aussi forte, qui rend possible ce qui ne l'était pas à la surface, remonter le point d'ébullition de l'eau ; là-bas, au fond des abysses[1], sans un rayon de lumière, la vie, dans des conditions de pression et de température qu'on pensait incompatibles avec elle, et qui élargissent considérablement l'espoir de la trouver ailleurs. Trois cent dix degrés. Une installation d'eau maintenue sous pression et chauffée à l'uranium 235[2]. Pas un germe. Rien, une eau pure. Elle baigne le cœur du réacteur, absorbe son énergie et modère ses réactions. L'eau du circuit primaire. Lui parfaitement étanche, et elle radioactive.

Vu de l'extérieur, rien d'inquiétant. Les panaches de vapeur s'élèvent au-dessus des tours réfrigérantes, et dans l'étalement des installations sur cent cinquante hectares, c'est un lieu paisible. Imposant mais paisible. Sous contrôle. À partir de là, de cette perception immédiate, on imagine le calme à l'intérieur, sur leur lieu de travail, des agents statutaires, sécurité et continuité de la production, soumis à aucune autre loi depuis l'origine. Trois agents en six mois. Et la question que tout le monde se pose, derrière un calme trompeur, l'emballement du système, et les hommes censés piloter la machine, maintenus sous pression artificiellement, qui se fissurent[3] à leur tour, jusqu'où, quel est le point de rupture ? Des forces de cohésion[4] du noyau, on ne sait pas grand-chose, mais on les met à l'épreuve, on en prend la mesure à ce moment-là, dans le bombardement des atomes au cœur du réacteur, l'exacte mesure d'une énergie de liaison quand le noyau se casse, une brèche[5] s'est ouverte, un tabou est tombé par le geste d'un seul, et c'est la réaction en chaîne.

---

1. **Abysses** : fosses sous-marines très profondes.
2. **Uranium 235** : élément radioactif naturel qui constitue le combustible nucléaire le plus courant ; la fission d'un noyau d'uranium est accompagnée d'une importante émission d'énergie.
3. **Se fissurent** : se fêlent, craquent.
4. **Forces de cohésion** : forces qui tendent à maintenir l'unité des parties d'un ensemble.
5. **Brèche** : ouverture, trou.

4

Le jour se lève au-dessus de la centrale de Belleville-sur-Loire dans le département du Cher. Une camionnette banalisée[1] ralentit aux abords des installations, puis se range sur le bas-côté de la départementale D82. À son bord douze hommes de huit nationalités différentes, parmi eux des femmes, hommes et femmes indistinctement en combinaison rouge et casque blanc, cordes, harnais, mousquetons, sacs en toile noire pendus à la ceinture ou dans le dos. Ils sont bien équipés, bien entraînés. La cible est une des tours réfrigérantes. Vues du ciel, ce sont deux anneaux blancs posés au sol entre la route et le fleuve – dans l'angle que font la route et la rive gauche du fleuve. En réalité, deux énormes coques cylindriques de cent cinquante mètres de diamètre à leur base, légèrement étranglées à la taille, chacune repose sur une couronne de pilotis en béton armé, l'air extérieur pénètre entre les pilotis à l'intérieur de la tour et remonte par convection naturelle[2], en l'absence totale de vent – ce qui est le cas aujourd'hui –, le panache d'air chaud s'élève à la verticale dans l'atmosphère. Temps calme et sec, les conditions sont idéales pour lancer l'opération. Par la porte latérale de la camionnette, des membres du commando extraient deux échelles coulissantes à deux plans, hauteur déployée huit mètres. À cet endroit, le grillage de l'enceinte n'est pas électrifié. On est dans la partie non nucléaire des installations réservée aux ouvrages d'eau. L'entrée sur le site se

---

1. **Banalisée** : ordinaire, sans signe distinctif.
2. **Convection naturelle** : mouvement naturel, ici de l'air, dû à des différences de température.

fait rapidement et sans rencontrer de résistance, au matin, sous un ciel bleu de printemps, caméra à l'épaule, avec en fond sonore le souffle des aéroréfrigérants, les chants d'oiseaux de la campagne au réveil que rien ne peut perturber, et le cliquetis des mousquetons au pas de course, échelles sous le bras, course à découvert et en silence une fois franchie la clôture, trois hommes par échelle que l'on transporte ainsi, sans la replier, pour gagner du temps.

Au pied de la tour – des deux, la plus immédiatement accessible –, ils se regroupent. Le bruit de l'aéroréfrigérant couvre les voix, et celui qui s'est posté un peu en retrait et dirige les opérations doit crier pour se faire entendre. Chacun lève la tête. Cent soixante-cinq mètres. D'une paroi parfaitement lisse en béton armé, évasée à sa base. Au sommet, le chemin de ronde. On y accède par une échelle extérieure sécurisée qui épouse la double courbure de la paroi. À gravir, combien de centaines d'échelons ? Et la sensation au fur et à mesure que l'on progresse que le bruit s'atténue – à mi-hauteur, on peut à nouveau s'entendre. Une fois là-haut, seuls. Un toit du monde. Dominant le paysage et les installations. Et la Loire qui plonge comme une artère vers les premiers contreforts[1] du Massif central. Toucher au cœur et marquer les esprits, le symbole, la valeur symbolique de Belleville, c'est ça, sa position centrale sur la carte de France des installations nucléaires.

Par le chemin de ronde[2], à faire son tour de garde, on prend possession des lieux. La voie est étroite. On marche sur l'épaisseur de la paroi, entre deux vides, le vide extérieur et le vide intérieur de la tour agitée par les courants des échanges thermiques. Au fond de la cheminée comme au fond d'un puits, sous la colonne de vapeur d'eau, les canalisations du circuit de refroidissement, pompes, vannes, soupapes[3], bassin de collecte. En cas de rupture, accidentelle ou non, des centaines de mètres cubes d'eau se déversent

1. **Contreforts** : chaînes de montagnes.
2. **Chemin de ronde** : passage aménagé au sommet d'une tour.
3. **Vannes, soupapes** : dispositifs permettant de régler le débit de l'eau dans une canalisation.

par les galeries souterraines jusqu'au pied de la ligne d'arbres de soixante-quinze mètres du groupe turboalternateur[1], ça s'est déjà vu, une salle des machines totalement inondée en quelques minutes, pas moins de 20 000 volts à la sortie de l'alternateur, et des agents qui pataugent, pris au piège, et ne doivent leur salut qu'à la fiabilité des mécanismes d'arrêt d'urgence.

Au sommet de la tour, un homme prend la parole, filmé par un camarade. Il se tient accroupi, le dos calé contre la rambarde métallique. À sa droite, un membre de l'équipe se penche au-dessus du vide, contrôle la qualité des points d'ancrage et l'amarrage[2] des cordes puis disparaît, tandis que deux autres, pris à leur tour dans le champ de la caméra, enjambent le garde-corps. Tous portent, enfilé sur leur combinaison rouge, un harnais de professionnel antichute avec reprise du poids au niveau des cuisses et des épaules pour pouvoir travailler en suspension les mains libres. L'homme témoigne, dos au paysage, en position accroupie par manque de recul, quelques mots pour dire les raisons de leur présence ici, sans prendre la peine d'argumenter ou de se justifier, convaincu que la cause est juste ; le bruit de fond s'amplifie au fur et à mesure que l'interview progresse, jusqu'au gros plan final sur le fuselage[3] bleu marine d'un hélicoptère de la gendarmerie nationale en vol stationnaire.

Vu à la télévision, ce jour du 27 mars 2007 : six hommes descendent en rappel avec une grande régularité et dans une chorégraphie parfaite l'aéroréfrigérant de Belleville-sur-Loire, avant de se stabiliser aux deux tiers de la hauteur pour peindre en caractères noirs le mot DANGER, précédé par les trois lettres du sigle EPR[4]. Chaque lettre visible de loin, plus de deux fois une hauteur d'homme, environ

1. **Groupe turboalternateur** : association d'une turbine et d'un alternateur, qui permet de transformer la puissance d'un liquide en électricité (voir schéma p. 10).
2. **Amarrage** : manière dont les cordes sont attachées, fixées.
3. **Fuselage** : carcasse constituant le corps d'un hélicoptère.
4. **EPR** (en anglais) ou **REP** (en français) : Réacteur à Eau Pressurisée, type de réacteur (voir schéma p. 10).

quatre mètres. À ce stade, l'alerte a été donnée. Trois hélicoptères de l'armée peints en couleurs camouflage stationnent déjà au pied de la tour comme des jouets miniatures, tandis que les forces de l'ordre délimitent et encerclent une zone d'exclusion, au total une soixantaine de gendarmes, parmi eux des membres du GIGN[1] qui seront rejoints par un détachement de chasseurs alpins[2] en début d'après-midi. Image des six hommes pendus à leur fil avec au-dessus de leur tête les pictogrammes[3] qui flottent au vent, hélice noire à trois pales sur fond jaune. Les militaires au sol ont pris position mais laissent faire, ordre leur a été donné de ne pas aller inutilement à l'épreuve de force. Dans d'autres circonstances, j'imagine, ça m'aurait plu, une telle mobilisation à une heure de grande écoute, pour un geste qui se veut spectaculaire, au nez et à la barbe des officiels en rangs serrés qui lèvent la tête ou répondent embarrassés aux questions des journalistes. Dans d'autres circonstances sûrement, une sympathie pour ce qu'ils sont, leur engagement, et le culot d'une entreprise pareille. Mais aujourd'hui, j'avoue, ça ne passe pas, parce qu'hier j'ai pris ma dose, j'ai du mal spontanément à me sentir solidaire.

Réveiller les consciences, alerter l'opinion. Chez ceux à qui on demande d'aller toujours plus vite et au moindre coût, qui font leur boulot et encaissent les doses, la prise de conscience est déjà faite : la durée d'un arrêt de tranche divisée par deux en quinze ans, la sous-traitance en cascade, les agents d'EDF coupés de l'opérationnel qui perdent pied, et cette pression morale sans équivalent dans d'autres industries. Donc oui, les dangers du nucléaire. Derrière les murs. Une cocotte-minute. Et en attendant d'en sortir, dix-neuf centrales alimentent le réseau afin que tout un chacun puisse consommer, sans rationnement[4], sans même y penser, d'un simple geste. Solidaires,

1. **GIGN** : Groupe d'Intervention de la Gendarmerie Nationale, unité spécialisée dans les opérations exceptionnelles.
2. **Chasseurs alpins** : unité de l'Armée de Terre.
3. **Pictogrammes** : dessins schématiques.
4. **Sans rationnement** : sans restriction, ici de sa consommation d'électricité.

nous sur les sites, de ceux qui y pénètrent et font le spectacle ? Le sont-ils seulement de nous ? Ils descendront comme convenu dans le calme pour le direct des journaux de vingt heures, escortés par les chasseurs alpins, après avoir déployé la banderole aux couleurs de leur association – la même banderole prévue un mois plus tard, jour anniversaire de la catastrophe de Tchernobyl[1], comme chaque année, le 26 avril, aux grilles de la centrale.

1. **Catastrophe de Tchernobyl** : accident nucléaire survenu le 26 avril 1986 à la centrale de Tchernobyl, en Ukraine ; le pays faisait alors partie de l'URSS (Union des Républiques Socialistes Soviétiques), dissoute en 1991.

5

Après l'incident, on s'est occupé de moi. Il y a des intervenants pour ça, des étapes obligatoires, une méthode. J'ai été le cas sur lequel on déroule la procédure, et c'est une chose bien connue que, chaque cas étant unique, celle-ci à un moment ou à un autre doit être adaptée. Dans le domaine particulier des procédures d'urgence, aucun technicien, aucun ingénieur, même le plus inventif, ne viendra à bout du challenge qui consiste à tirer d'une situation toutes les conséquences en termes de risques, à envisager le pire pour en limiter l'impact, le pire dans l'univers des possibles n'étant pas une figure statique, facile à saisir, bien au contraire, en matière de pire on peut toujours faire mieux, et la réalité des incidents qui est riche et complexe est toujours une leçon d'humilité[1]. Quant au risque nucléaire, le circonscrire[2] à l'enceinte de confinement[3], idéalement on aimerait bien, on tend vers ça, pour finalement dans la pratique s'en remettre aussi aux statistiques, la probabilité que ça arrive ou que ça n'arrive pas, l'incertitude, son seuil de tolérance, etc., on imagine, des heures et des heures passées à dresser la carte des cas connus et répertoriés ou prévisibles, qui s'enrichit du retour d'expérience, et le reste,

1. **Humilité**: modestie.
2. **Circonscrire**: limiter.
3. **Enceinte de confinement**: enceinte de protection, structure qui isole le réacteur nucléaire afin de limiter les fuites radioactives en cas d'accident grave (voir schéma p. 10).

l'impondérable[1], les taches blanches, qu'on ne se représente même pas. Quand l'incident se produit, c'est grave ou c'est moins grave, sur l'échelle INES[2] notée de 1 à 7 de la sûreté nucléaire, ça peut être grave collectivement ou de façon isolée pour un travailleur ou deux, les statistiques intègrent ça aussi, le bien du plus grand nombre et la quantité négligeable.

Donc dès l'instant où l'alerte a été donnée, je n'ai eu rien d'autre à faire qu'à laisser faire autour de moi ceux qui étaient là dans l'accomplissement normal de leur tâche et l'exercice de leur fonction, à charge pour moi de ne pas entraver[3] la procédure, obéir aux instructions, répondre aux questions qu'on me pose. La sortie sous escorte médicale du bâtiment réacteur, le dosimètre que je dois leur remettre parce que d'autres dans ma situation étaient tentés à une époque de le faire disparaître, premier sas de contrôle, mesure de la radioactivité en tenue, second sas de contrôle, mesure de la radioactivité sans la tenue, douche – la contamination externe s'élimine par douche et brossage –, habits civils[4], transfert à l'infirmerie, examens, questionnaire de santé, entretien. Entre deux prises en charge, on me demande d'aller attendre sur un banc dans le couloir. Quand on est assis là, on est dans la vie normale de la centrale et des contrôles médicaux obligatoires à l'entrée comme à la sortie, mais les minutes passent, les visages changent, et on attend toujours. Une certaine lassitude physique s'installe, qu'on n'identifie pas encore mais qui va aller crescendo[5], et qui explique sans doute le sentiment de vivre ça un peu dans un état second, non pas de somnambulisme ou de rêve mais de détachement, une sorte d'indifférence à ce qui pourrait arriver dans les prochaines heures – alors à plus forte raison dans

---

1. **Impondérable**: imprévisible.
2. **Échelle INES**: échelle internationale qui mesure le degré de gravité des événements nucléaires.
3. **Entraver**: freiner, gêner.
4. **Habits civils**: tenue de ville, ici par opposition à la combinaison portée dans l'enceinte de la centrale.
5. **Crescendo**: en augmentant.

les mois ou les années à venir –, l'impression d'assister à distance raisonnable à la grande entreprise du personnel de santé mobilisé comme pour un exercice d'entraînement en temps réel, et que ce soit ce corps-là, le mien, qui soit au cœur du dispositif m'étonne un peu. Tant d'efficacité, de professionnalisme, pour finalement quoi ? Pas grand-chose, puisque l'engrenage bien huilé de la procédure s'est enrayé[1], et c'est une petite pièce métallique ramassée bêtement qui en est la cause et le grain de sable – de l'avoir ramassée, après coup, on se le reproche suffisamment, pas la peine d'en rajouter, et pourtant il y a bien quelque chose de cet ordre qui flotte dans l'air.

J'ai été pris en charge, ils se sont occupés de moi, et quand il s'est avéré qu'ils bloquaient sur un point de procédure qui était l'impossibilité de mesurer sur place la radioactivité de la pièce et d'évaluer la dose de rayonnements que j'avais reçue, après les examens de routine, rassurés je suppose sur l'essentiel, ils m'ont renvoyé à la maison, à charge pour moi de revenir le lendemain pour d'autres examens et un suivi de la dose. Deux heures après, j'étais allongé, raide. Le temps de dîner entre collègues, de rentrer au camping et d'attendre Jean-Yves. On a bu deux bières ensemble, et ça m'est tombé dessus.

La formule à six euros. Plat, dessert, café, un quart de rouge[2]. Quand j'ai voulu attraper mon portefeuille dans le blouson, les jambes n'ont pas suivi. Il n'y a pas eu rupture nette de l'alimentation, la mécanique répondait encore, mais différemment, plutôt comme une perte de fluide hydraulique[3] dans les vérins[4], et alors l'énergie qu'il faut pour s'arracher à la banquette est considérable. Je me suis levé, sous le regard des collègues et dans une sorte de

---

1. **Enrayé** : bloqué.
2. **Rouge** : vin rouge.
3. **Fluide hydraulique** : huile qui permet de transmettre l'énergie et d'assurer la lubrification des composants métalliques.
4. **Vérins** : appareils qui servent à créer un mouvement mécanique, notamment pour tirer ou pousser une charge.

bourdonnement. Ça va? Oui, ça va. J'ai préféré couper court, et pour faire court aller à l'essentiel, le billet sur la table, enfiler le blouson, traverser la salle, et ensuite laisser agir les automatismes, le parking, la voiture, la double priorité en sortant, franchir le pont, deux cents mètres après le pont prendre à gauche en direction du terrain de camping.

J'ai enlevé mes chaussures et je me suis assis à la table de la dînette[1]. J'avais encore mon blouson sur le dos. Je me serais bien couché. J'ai regardé autour de moi, tout était propre, en ordre, les fenêtres avaient été ouvertes, on sentait la main de Jean-Yves derrière tout ça, et son savoir-faire pour mettre en quelques minutes n'importe quel espace de vie ou de travail au carré[2]. Ça m'a fait du bien. Ce qui était au départ, de sa part à lui, un service rendu un peu contre mon gré – j'aurais préféré trouver une chambre indépendante chez l'habitant ou à l'hôtel pour les trois semaines de mission –, prenait une tournure différente. Les coussins dans le dos, au millimètre. Le tissu déhoussable de la banquette tendu net, un écossais dans des tons orange et brun. Sur une seconde main[3], on a rarement le choix. Mais c'est sans regret de ne pas l'avoir eu, tellement la gamme proposée en catalogue par les constructeurs est catastrophique.

Sobre, uni, ils ne savent pas faire, et le temps et la mode n'y changent rien. Je me souviens, Loïc aimait ce genre de motifs. Dans notre tournée des concessionnaires[4], plusieurs fois il m'a fait la remarque, au premier coup d'œil, il est sympa ce tissu. Les goûts et les couleurs. N'empêche, on se sent proche de quelqu'un, et comme ça, brutalement, sur un détail, un fossé s'ouvre.

J'ai résisté à l'envie de me coucher et j'ai bien fait, car j'ai entendu la voiture de Jean-Yves qui revenait de Tours où il avait décidé de passer une journée sur les deux de repos qu'on lui avait données

---

1. **Dînette**: espace de salon ou de repas, avec table et banquettes.
2. **Mettre [...] au carré**: mettre [...] en ordre parfait.
3. **Une seconde main**: un article acheté d'occasion.
4. **Concessionnaires**: vendeurs.

d'office pour cause de retard pris par des intervenants sur le chantier. De me voir assis à rien faire derrière une table vide, il a été surpris. Et dans son regard, en quelques secondes, j'ai vu passer l'intégralité du raisonnement, pour une conclusion sans appel, on va se boire une bière. Il a pris deux canettes du pack qui était au frais, et on est allés s'installer sous l'auvent.

6

Le terrain a été aménagé par la commune dans les années cinquante ou soixante. Aujourd'hui les peupliers coupe-vent plantés sur tout le périmètre ont atteint leur taille adulte. Il y a des bancs entre les arbres face à la Loire. On s'assoit là, et on oublie le reste. À l'heure du changement d'équipe, le camping s'anime de ceux qui partent et de ceux qui rentrent, et les moteurs diesel tournent au ralenti et font une ligne de basse[1] avec des éclats de voix brefs par-dessus, puis le silence retombe et une léthargie[2] s'installe. Que se passe-t-il derrière les portes des caravanes, fenêtres et rideaux fermés, entre le sommeil des uns et l'absence des autres ? Rien, car le temps va ici différemment, à l'écart du cours normal des choses, selon un rythme qui n'est pas celui de l'horloge biologique.

À chaque nouveau contrat, la question du logement se pose toujours dans les mêmes termes, quelque chose de correct à un prix raisonnable, un vrai casse-tête. Sachant que les locations temporaires sont prises d'assaut dans un rayon de dix ou quinze kilomètres autour des centrales, ils sont de plus en plus nombreux ceux comme Jean-Yves qui optent pour la caravane davantage par nécessité que par goût. Les municipalités prêtent des terrains, ouvrent les grilles des campings pour accueillir les ouvriers, les referment après leur départ jusqu'à la saison estivale. J'ai croisé Jean-Yves pour la première fois à Flamanville, début septembre, dans le bar-restaurant

---

1. **Ligne de basse** : suite de sons graves.
2. **Léthargie** : inaction, torpeur.

d'un hôtel qui fait aussi PMU[1] et tabac. Je cherchais une chambre à louer. Ils étaient quatre au comptoir. Tous les quatre salariés de la même société prestataire, et lui en chef d'équipe davantage présent que les autres et respecté par eux pour presque le double de leur âge et sa maîtrise du geste technique. La question, c'est lui qui me l'a posée. J'étais arrivé par le couloir intérieur de l'hôtel qui a une entrée extérieure indépendante de l'autre côté, mais personne pour vous accueillir à l'heure creuse du début de l'après-midi, pas même l'indication faite à la clientèle de s'adresser au bar. J'ai commandé un café. S'il lui restait une chambre, pour combien de nuits, tandis que le garçon passait un coup de torchon devant moi, je ne savais pas encore, j'ai dit pour la nuit prochaine, il est parti chercher la patronne, et alors Jean-Yves m'a posé la question, si j'étais là pour l'arrêt de tranche, des voitures se sont garées, les portières ont claqué, la salle s'est remplie, et la conversation s'est installée dans le brouhaha[2] ambiant. Il avait une tête de moins que tout le monde et l'embonpoint[3] de la cinquantaine, je me suis fait la remarque, sans même un sourire de façade[4], il y avait chez lui quelque chose de cordial et d'engageant, et pas le moindre effort de sa part pour entretenir ça, une sympathie naturelle de lui à vous, et réciproquement, comme d'autres vous seraient naturellement antipathiques. Dans les semaines et les mois qui ont suivi, à forcer un peu le hasard, on s'est revus souvent. Toujours avec plaisir, sans en rajouter comme savent plutôt bien le faire les collègues dans le Sud par le côté démonstratif des retrouvailles. Mais dans la poignée de main, la première phrase dite pour l'accueil et trois mots de réponse, il y a tout ça. Quand on tourne depuis un certain temps sur les chantiers, on finit à chaque arrêt de tranche par croiser des têtes connues, et même en l'absence d'un collectif de travail, des liens se nouent, et chacun tisse sa toile et dresse sa carte de France

1. **PMU** : lieu où l'on peut faire des paris sur les courses de chevaux.
2. **Brouhaha** : bruit confus provenant d'une foule.
3. **Embonpoint** : état d'une personne un peu grasse.
4. **De façade** : d'apparence.

des meilleurs points de chute, un tel qui vit ici l'hiver, ou un autre là-bas qui s'arrange comme il peut d'une mise au repos forcée pour cause de chômage technique.

Dans le contrôle non destructif[1] qui est le métier de Jean-Yves depuis dix ans et le domaine principal de son expertise – il en a d'autres, il a été salarié de la centrale de Tihange en Belgique –, l'essentiel du travail se fait la nuit, quand il y a moins de monde sur le lieu d'intervention. Le travail de nuit, j'en ai fait l'expérience moi aussi par intérim. À défaut d'y prendre goût, j'ai pu y voir des avantages, pas seulement le salaire majoré[2], aussi la plage horaire de l'après-midi. Pour les sous-traitants du nucléaire, au travail en trois-huit[3] s'ajoute l'obligation de se déplacer à intervalles rapprochés de trois ou quatre semaines. Ça devient plus facile avec le passage à l'heure d'été. On peut alors travailler la nuit, tout en ayant le jour des occupations et un semblant de vie sociale. Pour ceux qui logent en caravane ou à l'hôtel sans l'à-côté d'une vie de famille, après la récupération du matin, le temps libre jusqu'au soir, pour peu qu'on sache en faire quelque chose, redonne du sens à la journée et permet de tenir le cap, et la façon dont chacun le remplit, qui n'a sur le sujet de comptes à rendre à personne, dans une libre disposition de ce temps qui n'est finalement pas si fréquente, en dit long sur son caractère ou l'état dans lequel il est. Chez ceux qui ont toujours eu une activité – on les a connus comme ça – et qui ne sortent plus que pour aller travailler, qui aimaient la pêche, le sport, ou la mécanique, on sent venir l'orage. Et c'est un moindre mal. Car c'est déjà un signe.

Huit mois sur douze, la vie dans les caravanes, le quotidien rétrécit. Beaucoup le vivent comme ça, qui sont des sédentaires dans l'âme et ont besoin d'espace autour d'eux. Pour la dizaine

---

1. **Contrôle non destructif** : contrôle de la qualité des structures et des matériaux.
2. **Majoré** : augmenté.
3. **Trois-huit** : système d'organisation du temps de travail ; trois équipes d'ouvriers se relaient sur toute la journée, toutes les huit heures, afin d'éviter l'arrêt de la production.

de pas qu'il faut d'habitude pour aller d'une chambre à la cuisine, du lit à l'évier, un seul pas suffit dans la Caravelair[1] de Jean-Yves qui n'est pourtant pas le modèle de base, mais un modèle familial avec les options choisies par le premier propriétaire, double dînette et une chambre parentale indépendante, c'est la terminologie[2] officielle, concrètement une banquette en U à l'arrière sous une baie coulissante, et à l'avant une cabine de quatre mètres carrés avec un couchage pour deux personnes. Investir dans une caravane, Loïc y avait pensé. Un samedi, à Royan[3], on a bien failli le faire avec l'argent qu'il nous restait de nos missions d'intérim dans l'automobile. C'était son idée. Et la visite au zoo de La Palmyre au nord de Royan. D'abord la visite, et sur le chemin du retour, boulevard de la Mer, la succession des concessionnaires multimarques, caravanes et camping-cars, le neuf, les occasions et l'hivernage[4], je ne l'aurais pas choisie mais j'aurais mis au pot[5] pour moitié, et une semaine plus tard, le temps d'installer l'attelage[6], on serait venus la prendre ; il était enthousiaste, La Palmyre, le camping, un parfum de vacances de gosse quand on ne les a pas eues, moi je voyais le côté pratique, deux heures pour plier en fin de chantier, on roule la nuit, et le lendemain c'est un autre chantier qui démarre. L'idée, comme beaucoup d'autres, est restée à l'état de projet. N'empêche, en rentrant le soir au CNPE du Blayais par la route touristique qui longe l'estuaire[7], on était contents. Contents d'avoir marché, d'avoir rêvé, surtout de s'être vidé la tête à la veille du jour J.

Notre carrière dans le nucléaire a commencé là-bas, sur les rives de la Gironde, formation théorique et entraînement sur le simulateur, jusqu'au jour de la première intervention. À deux on se serre les

1. **Caravelair** : marque de caravanes.
2. **Terminologie** : vocabulaire spécifique à un domaine.
3. **Royan** : station balnéaire située sur la côte Atlantique, au niveau de l'embouchure de la Gironde.
4. **Hivernage** : ici, fait d'entreposer les caravanes à l'abri le temps de l'hiver.
5. **Mis au pot** : participé financièrement.
6. **Attelage** : système qui permet d'attacher la caravane à la voiture.
7. **Estuaire** : embouchure d'un fleuve.

coudes, on se jette plus facilement à l'eau. Et le regard du copain compte alors autant dans la volonté de bien faire que la conscience qu'on a des enjeux. De cette première fois, de l'épreuve d'avoir été jetés ensemble dans le grand bain, on en reparlera souvent, pour consolider ce qui existe, ou pour jouir que ça existe, un lien solide qui éclaire tout d'une lumière différente et rend beaucoup de situations vivables. Donc le Blayais en juin. Puis Nogent-sur-Seine, Cruas, et Civaux[1] sur la Vienne. À Civaux, pour Loïc, ça s'est mal passé. Moins de huit jours après le début des travaux, il s'est vu retirer son habilitation, sanctionné pour faute grave, et l'agence l'a expédié à la centrale de Saint-Laurent sur la Loire nettoyer les tours réfrigérantes. Le détartrage des tours, il n'y a pas pire. Dans la chaleur du mois d'août, au milieu des amibes[2] et des légionelles[3], et des produits chlorés[4] qu'on manipule, c'est du sale boulot. Au bout de deux semaines, les gars n'aspirent plus qu'à une chose, travailler à l'intérieur, entrer en zone contrôlée ; quand on leur délivre les autorisations d'accès, ils vivent ça comme une promotion, d'accord ils vont prendre des doses, mais ça ne se voit pas et le travail est propre.

Loïc sur les tours, direction Saint-Pierre-des-Corps, changement pour Blois et Saint-Laurent. Je reste à Civaux jusqu'à la fin de la mission. À la veille de son départ, la rumeur qui circulait depuis quelques jours gagne du terrain : l'intervention sur le générateur aurait mal tourné, devant l'emballement de son dosimètre, il aurait lâché ses collègues et déserté le chantier. J'attends qu'il me donne sa version des faits, qu'il sorte de son silence et me rassure, en vain. Poitiers, place de la Gare. C'est ici qu'on se sépare après six années d'aventures communes, à faire les mêmes choix plus ou moins éclairés,

---

1. **Nogent-sur-Seine, Cruas, Civaux** : noms de sites nucléaires français (voir carte p. 11).
2. **Amibes** : êtres vivants constitués d'une seule cellule, qui évoluent dans les milieux humides et peuvent parasiter l'Homme.
3. **Légionelles** : bactéries se développant dans les eaux entre 25 °C et 50 °C, pouvant entraîner une maladie pulmonaire grave chez l'Homme.
4. **Chlorés** : contenant du chlore, produit chimique à l'odeur suffocante.

à filer sur les mêmes routes, à négliger les erreurs de pilotage – ou parce que faites à deux et de concert[1], à se convaincre qu'elles n'en sont pas –, à bâtir ensemble des plans sur la comète, moi toujours un peu à la remorque[2] par respect du droit d'aînesse[3], les deux années d'avance qu'il a sur moi à la naissance, mais deux fugues et autant de redoublements, on fera connaissance au lycée Colbert à Lorient, sur les bancs de la terminale STI génie électronique, à la rentrée de septembre 2000. Six ans plus tard, place de la Gare à Poitiers, refus de sa part que je descende, ça tourne court, la voiture en double file, son sac pris vite fait sur l'épaule et le claquement du coffre qui vaut signal de départ ; après on revoit les images, l'encombrement des rues ce vendredi soir, le siège vide au retour côté passager et le temps qu'il faudra pour s'y faire. Dans la chambre d'hôtel, deux lits dont un ne sert plus à rien, des affaires qu'il a laissées, qu'il devait reprendre, que j'ai toujours. Trop d'espace. Et le bruit des voisins que je n'entendais pas avant, sauf à de rares occasions, et alors comme des bribes d'une vie lointaine taillées chez nous dans le flot continu des paroles – les nôtres, ou celles de la télévision, ou l'empilement des deux. La chambre devenue trop grande. Je ne dois pas m'en plaindre. Au mois d'août, beaucoup de travailleurs ont du mal à se loger. Déjà en temps normal, c'est difficile. Le stress de finir loin, ou cher, ou entassés les uns sur les autres.

---

1. **De concert** : en accord.
2. **À la remorque** : derrière, se laissant diriger.
3. **Droit d'aînesse** : droit qui donne la priorité à l'aîné, au plus âgé.

7

On reconstitue l'incident vendredi sur le simulateur. Convocation à quinze heures. Et puisque c'est bel et bien d'une mise en scène qu'il s'agit dans un souci de vérité et le respect du scénario comme sur un plateau de tournage – ils seront cinq autour du simulateur, chronomètre en main, et moi en tenue complète ventilée[1] –, rien n'est pire que le film qu'on s'en fait et qui tourne en boucle dans les heures qui suivent l'incident, les yeux rivés sur le plafond de la caravane, scotché là par une fatigue qu'on sait bien ne rien devoir au hasard. Se revoir dans l'enchaînement mécanique des gestes. Se dire que ça n'est pas réel, simplement parce que ça n'aurait pas dû arriver. Mais la fatigue est là comme une enveloppe, et la nausée à l'intérieur, pour nous rafraîchir la mémoire. Allongé raide sur une banquette trop étroite, la gorge sèche et incapable d'avaler quoi que ce soit, on rêve de grands espaces. C'est d'abord le corps qui encaisse. Mais de ne devoir cet état à personne d'autre qu'à soi-même ouvre une brèche. On oublie les raisons valables du début, les bons moments. Comment a-t-on pu en arriver là ? Il y a trop de fatigue pour refaire le parcours, pour inverser le cours de l'histoire, mieux vaut se rendormir, et demain matin prendre une bonne douche et se laver du cauchemar.

1. **Tenue complète ventilée** : combinaison gonflable, qui permet d'être totalement protégé du milieu extérieur contaminant ; l'alimentation en air est effectuée par des tuyaux raccordés à la combinaison.

Bleu, vert, jaune, orange et rouge. En optique, par longueurs d'onde croissantes. En radioprotection[1], par risque croissant d'exposition des extrémités – mains, pieds, chevilles, avant-bras – aux rayonnements ionisants[2]. Les sources radioactives sont réglementées. Les zones de travail aussi, dès lors qu'un risque d'irradiation ou de contamination existe. Trois pales[3] d'une hélice ou d'un trèfle à trois feuilles sur un fond de couleur. Signe noir sur fond blanc, zone non réglementée. Sur fond bleu, zone surveillée. Sur fond jaune, vous entrez en zone contrôlée. Les couleurs, on finit par les avoir en tête, le spectre[4] entier, de l'ultraviolet à l'infrarouge, avec une attention particulière pour les couleurs chaudes, la nuit surtout, comme une barre de fer chauffée à blanc qui passe par toutes les nuances du rouge – pour ce qui en est de notre perception à l'œil nu, limitée. Donc jusque dans nos rêves, sans qu'on y prenne garde, dès les premiers jours du stage d'habilitation quand on découvre la signalétique[5] en vigueur et la logique qu'il y a derrière. À la fin du stage, un questionnaire valide les acquis, et ceux qui échouent sont mis sur la touche[6]. Lui aussi revient en rêve, pour conjurer le sort on essaie de répondre au plus vite, et les couleurs défilent, et jusque dans ces moments-là, la mémoire fidèle choisit les bonnes réponses, les zones surveillées en bleu, au-delà les zones contrôlées, vert, jaune, orange, et la zone interdite, trèfle noir sur fond rouge, brutalement les trois pales entrent en rotation d'un ventilateur qui n'a rien à faire là, vous voulez avancer, vous devez franchir le sas, mais c'est un courant puissant qui force à la marche arrière, et vous luttez devant, trèfle noir, le signe du nucléaire, sur fond rouge,

---

1. **Radioprotection**: ensemble des mesures de protection prises contre les effets des rayonnements radioactifs.
2. **Rayonnements ionisants**: rayonnements potentiellement nocifs, car capables de modifier les atomes et les molécules.
3. **Pales**: ailes.
4. **Spectre**: suite ininterrompue de couleurs, correspondant à la décomposition de la lumière blanche.
5. **Signalétique**: ensemble des panneaux d'information.
6. **Mis sur la touche**: tenus à l'écart.

rendu inaccessible, c'est la tête de mort des bidons de TNT[1] qu'on devrait y voir, mais le rêve en décide autrement, et si la chaleur monte et en même temps la sensation de froid, c'est qu'on est en nage sous la couverture tirée on ne sait pas pourquoi jusque par-dessus la tête, et quand on se réveille dans le ronflement du voisin, la dernière image qu'on accroche est bel et bien celle du contremaître[2] qui vous dit d'avancer, mais vous ne pouvez pas, et qui ne voit rien, et qui vous intime l'ordre[3], et vous voulez lui dire ce qui vous empêche, et vous empêtre[4], et vous luttez contre, et c'est un vent de tempête propulsé à votre rencontre, et vous luttez contre, vous voulez lui dire mais rien ne sort et le bruit est terrible, comme un rotor[5] d'hélicoptère, et lui ne voit pas, n'entend pas, et rien ne sort de votre gorge, murée[6], vous ne pouvez rien dire et vous êtes en nage.

Au réveil tout est calme, hors les ronflements de Jean-Yves derrière la cloison.

---

1. **TNT** : trinitrotoluène, explosif présentant des risques pour la santé.
2. **Contremaître** : chef d'une équipe d'ouvriers.
3. **Intime l'ordre** : commande.
4. **Empêtre** : encombre, embarrasse.
5. **Rotor** : pales qui permettent l'équilibre de l'hélicoptère en vol.
6. **Murée** : bouchée, fermée.

8

Convocation à quinze heures, mais c'est trois quarts d'heure minimum qu'il faut prévoir pour passer les contrôles et enfiler la tenue. La pièce est peinte en blanc, et le sol carrelé. Posé au milieu, partie tronquée d'un générateur de vapeur, le simulateur fait l'effet d'une capsule détachée du module orbital[1] qui aurait traversé l'atmosphère et atterri là. Le médecin m'accompagne. Ils sont déjà quatre réunis autour de la maquette et habillés en blanc, chacun selon son rang et sa fonction. En blouse et la tête nue, le médecin et l'inspecteur de la Sûreté nucléaire qui a fait le déplacement et supervise les opérations. Pour les techniciens de la radioprotection et le chef de chantier, pantalon et veste – version blanche du bleu de travail[2] –, sans oublier le casque et la charlotte[3] sous le casque; et moi habillé comme le jour de l'incident en tenue complète dite « Mururoa[4] », qui évite la contamination par contact direct mais ne protège pas des rayonnements.

Point chaud. Débit de dose élevé et contamination radioactive des surfaces. En situation réelle, il faut faire vite. On a été formé pour ça. Formation théorique et pratique. Dans la pratique, huit

---

1. Module orbital: partie du vaisseau spatial utilisé pour placer en orbite les cosmonautes.
2. Bleu de travail: combinaison de travail, généralement de toile bleue; symbole des ouvriers, par opposition au « col blanc » qui désigne le patron.
3. Charlotte: sorte de bonnet qui sert à protéger les cheveux.
4. Mururoa: nom donné à une tenue de protection, du nom de l'atoll de Polynésie française où ont eu lieu plusieurs essais nucléaires français entre 1966 et 1996.

à dix jours sur la maquette grandeur nature de la partie basse du générateur dite « boîte à eau », de la taille d'une cabine Soyouz[1].

Visite médicale d'aptitude, entraînement intensif et gestion du stress. À l'heure de la mise en orbite, tout y est ou presque, la tenue complète de protection – blanche, avec heaume[2] ventilé et surbottes[3] –, pour une descente en accéléré dans l'infiniment petit de la matière à défaut d'un voyage dans l'infiniment grand, la conscience du risque, le geste technique qu'on a répété, et la conviction que ce qui doit être fait doit l'être absolument, dans la responsabilité individuelle vis-à-vis des collègues et collective qui est la nôtre. La boîte à eau appartient au circuit primaire. L'eau maintenue sous pression vient directement du cœur. Elle y retourne après avoir irrigué les milliers de tubes en faisceau[4] du générateur, et transmis sa chaleur à l'eau du circuit secondaire. À chaque arrêt de tranche, on vide les circuits et on vérifie les surfaces d'échange pour prévenir les fuites radioactives primaire-secondaire – c'est le travail de Jean-Yves et de son équipe, contrôle des microfissures par gammagraphie[5].

Vous intervenez sur le circuit primaire. Chacun sait à quoi s'en tenir. Des particules radioactives se déposent sur le métal. Il faut faire équipe à trois ou quatre pour se répartir la dose, et limiter à deux ou trois minutes les temps d'intervention. Après huit jours de maquette, on vous lâche en zone contrôlée sous la silhouette tutélaire[6] du générateur de vapeur qui vous domine du haut de ses vingt-deux mètres d'acier, tel un sous-marin de poche de l'ère soviétique planté à la verticale, la tête en bas. À sa base, la boîte à eau. Et un trou d'homme de quarante-cinq centimètres de diamètre.

---

1. **Cabine Soyouz** : cabine du vaisseau spatial russe, haute de 2 m et d'un diamètre de 2,3 m.
2. **Heaume** : casque enveloppant toute la tête.
3. **Surbottes** : bottes de protection que l'on enfile par-dessus les chaussures.
4. **En faisceau** : reliés ensemble.
5. **Gammagraphie** : technique de radiographie qui permet de détecter les défauts à l'intérieur de pièces mécaniques.
6. **Tutélaire** : protectrice.

Vous entrez, vous avez quelques minutes pour faire ce que vous avez à faire, c'est serré, vous le faites, vous sortez, un autre prend la relève, etc. Techniquement, ça n'est pas difficile, mais au moindre souci, à la moindre complication, vous prenez un coup de chaud, parce que le compteur là sur votre poitrine s'emballe, le dosimètre, et en dessous ça s'emballe aussi, et la respiration sous le heaume se cale sur un autre rythme. Point chaud. Ou comment ce qui est simple dans son principe devient compliqué dans la conscience qu'a chacun d'être exposé aux radiations et la communication du stress à l'intérieur de l'équipe.

L'inspecteur nous rappelle quels sont les objectifs et quelle méthode d'évaluation a été retenue. Je ne pense pas qu'il soit beaucoup plus âgé que moi. Il a pris de l'assurance en progressant dans la vie professionnelle, et sûrement qu'une poignée d'années supplémentaires lui feront du bien et renforceront la première impression qu'on a, en gommant le reste, ce qu'il y a d'un peu forcé et rigide chez lui. Reste qu'il s'adresse à moi autrement que comme à un matricule en tenue de cosmonaute, et ça me le rend plutôt sympathique ; de même que les efforts qu'il fait pour m'entendre répondre aux questions qu'il me pose, quand le chef de chantier répondrait volontiers à ma place.

Donc lundi matin, l'intervention sur tubes était terminée, on nettoyait le générateur après repli du matériel. Temps prévu pour l'intervention, six minutes. Trois intervenants. Font deux minutes. J'entre en dernier. Pour une ultime inspection, vérifier que rien ne traîne. À la remise en eau du circuit, c'est l'embolie[1], comme un caillot[2], ça file directement au cœur. La boîte à eau, un demi-bol en acier de trois mètres quarante de diamètre, coupé en deux par une plaque de partition, on en fait vite le tour, mais dans la difficulté des appuis, et l'équipement de protection qui gêne jusqu'à la prise

1. Embolie : obstruction d'un vaisseau sanguin (sens propre) ; ici, le mot est employé au sens figuré.

2. Caillot : petite masse de sang coagulé (sens propre) ; ici, le mot est employé au sens figuré.

en main de certains outils, on perd du temps. J'ai aperçu quelque chose au fond de la boîte. À quelle distance j'étais ? Je me place. Et ensuite ? Ensuite, je me suis penché. On a parfois du mal à faire la différence entre le composant d'origine et la pièce rapportée. D'un doigt, j'ai fait glisser la pièce. On me demande de refaire le geste, je le refais. Un gars de la radioprotection, chronomètre en main, note le temps. J'ai voulu l'examiner. D'une main – prise plus facile à ma gauche –, puis de l'autre – main droite. Manipulation maladroite à cause des deux épaisseurs de gants, et la pièce a failli m'échapper. Pendant ce temps, le compteur tourne. Débit de dose au contact à estimer, deux épaisseurs sur la peau – gants coton et tenue vinyle[1].

Une pièce en métal au fond d'une boîte à eau, la première question à se poser, d'où vient-elle ? Dans la tête, les images défilent avec la vitesse en biométrie[2] des logiciels de reconnaissance d'empreintes en vue d'une identification, et c'est d'abord le matériel de chantier qui est passé au crible, on déroule le film, mais pas dans sa chronologie, dans une disposition étrange où les images se superposent comme dans un millefeuille d'informations, la procédure entière découpée, chaque outil, chaque pièce importée de l'extérieur, avec toute la précision voulue par l'expérience des chantiers précédents, comme autant de briques élémentaires qui remontent en accéléré et s'empilent, formant un bloc compact en mémoire, livré tel quel, dans un raccourci saisissant, mais rien. Rien ne colle. Alors quoi ? Le générateur, certains éléments constitutifs, démontés puis remontés, et la pièce d'un immense puzzle qu'on aurait en main et qui manquerait à l'appel ? Et brusquement, l'idée qu'on sait être la bonne, qu'on aurait pu avoir plus tôt, et qui tour à tour vous donne chaud sous le heaume ventilé et des sueurs froides, parce que c'est de loin la première explication qui aurait dû venir à l'esprit. Je pose la pièce. Un seul objectif, sortir de là. M'extraire au plus vite. Mais la pièce posée avec précautions, et pas

1. **Vinyle** : matière plastique.
2. **Biométrie** : mesure des différentes parties du corps humain permettant ainsi la reconnaissance vocale, digitale, optique, etc.

n'importe où. Visible au premier coup d'œil par celui qui passera le buste par le trou d'homme qui sert d'accès. En l'occurrence le chef de chantier, cinq minutes plus tard, agent statutaire, trente ans d'ancienneté, qui témoigne.

La pièce, il l'a identifiée immédiatement. Un frein d'écrou. Il pense qu'il s'est détaché de la cuve, et après un séjour assez long au cœur du réacteur, a migré vers la boîte à eau lors de l'épreuve hydraulique. Très irradiant du fait de son activation. Ce que confirme l'expertise par le laboratoire de métallurgie. Corps migrant activé. Ce corps-là au creux d'une main, la mienne, réelle ou non. Dans l'univers virtuel de la simulation numérique, l'avatar anthropoïde[1], c'est moi. On saisit les données : proximité à la source et temps d'exposition, géométrie et radioactivité de la pièce. Le débit de dose au contact sera calculé en tenant compte des équipements de protection. Réponse en début de semaine. D'ici là, on me paie à attendre. Vingt millisieverts. La dose maximale autorisée par homme et par an, pour quatre-vingt-cinq kilogrammes de squelette et de muscles, avec un peu de savoir-faire et de chance, chacun espère répartir la dose sur un nombre maximum de missions, il oublie qu'au premier incident sérieux, on le mettra sur le banc de touche jusqu'à l'année prochaine.

1. **Avatar anthropoïde** : personnage virtuel qui a une apparence humaine.

9

Travailleur DATR. Un soir tu rentres chez toi, tu es au taquet[1]. Tu as dépassé le quota de dose réglementaire. Ça peut arriver n'importe quand, à n'importe qui – sous-entendu, même à quelqu'un comme lui, Jean-Yves, qui me parle du haut de ses vingt-cinq ans de pratique. Quand ça arrive, le coup de massue, tu le prends tel quel, sans broncher[2]. D'avoir attendu des mois, l'épée au-dessus de la tête, quand l'épée tranche, tu tombes et restes assis, et c'est presque un soulagement. Pour n'importe qui d'autre sauf les copains qui comprennent et la fille de l'agence ou celle des ressources humaines qui compte sur toi l'année prochaine, pour tous les autres, c'est une occasion qu'il faut saisir pour faire le point et changer de métier. On les écoute. On n'a pas envie de se plaindre. Malgré que. On ne se sent pas en droit de le faire. On aurait nous-mêmes tressé la corde ou forgé la lame, on nous dirait ça, que ça ne nous étonnerait pas. Pourtant. Quelque chose de central a été atteint. Et la nausée et la fatigue, là-dessus, ne rajoutent pas grand-chose. D'en être arrivé là, à vendre son corps au prix du kilo de viande, on lui en serait presque reconnaissant, au corps, de nous imposer ça. Jean-Yves a raison, à devoir ainsi payer sa dette comptant[3], on se croit quitte pour l'avenir des conséquences. Les copains le savent

1. **Tu es au taquet** : tu as atteint la dose maximale admissible de rayonnements radioactifs reçus.
2. **Sans broncher** : sans réagir, sans protester.
3. **Payer sa dette comptant** : régler sur-le-champ le montant exact de ce que l'on doit.

qui ont signé pour le même embarquement. Il dit qu'à la maison, ce n'est pas pareil. Ceux qui pensaient y trouver un refuge en font l'expérience dès les premiers jours. L'isolement, c'est d'abord le rythme de la famille qui avait ce rythme-là avant et n'en change pas, c'est aussi, dans le regard de l'autre, la crainte, même si on sait bien que non, que ça soit contagieux, l'épouse qui va dormir ailleurs, les deux petits ensemble, et elle par terre direct sur un matelas, sous prétexte que. Un avant-goût. Si les complications devaient arriver un jour. On n'en parle pas. On n'en parlerait pas. Il dit que lui, à tourner en rond, très vite, il a la nostalgie des chantiers. Il plaisante : « À cet enfer-là, je préfère le nôtre, au moins on s'y sent en meilleure compagnie. »

On est installés tous les deux dans la chaleur de la caravane, le vent s'est levé, un vent d'ouest qu'on appelle ici « vent de mer » bien que la côte soit à plus de deux cents kilomètres. Pour la pêche ou la baignade, c'est la Loire à cinquante mètres en accès direct derrière le rideau d'arbres. On range le matériel sous l'auvent. Jean-Yves a monté ses lignes[1] pour le lendemain. On se retrouve devant une table mise et un repas tout ce qu'il y a de structuré, entrée, plat, fromage, bière ou café à volonté selon le programme qu'il faut remplir derrière. À l'heure où les célibataires se contentent d'une conserve vite fait, d'un sandwich ou d'une pizza, c'est une règle entre nous, pour les repas pris en commun, de préparer à tour de rôle quelque chose qui vaut la peine d'être partagé, pas de la grande cuisine, même si Jean-Yves pourrait s'y mettre qui a un vrai coup de fourchette éclairé et une sœur cadette qui tient un restaurant à Namur[2], que ce soit bon et en quantité ça nous suffit.

Sur l'écran, les images défilent du journal de vingt heures dont on a coupé le volume du son en attendant la météo. Il s'est levé, d'une main il soulève le couvercle de la cocotte et d'un coup de spatule retourne le rôti de veau que j'ai acheté la veille. Il rajoute

1. **Monté ses lignes** : préparé ses cannes à pêche.
2. **Namur** : ville de Belgique.

du sel et du poivre sur la jardinière[1], règle le gaz à feu doux, et referme la cocotte. Dix minutes. J'ai mis deux assiettes et un plat de charcuterie au milieu de la table. À quelle heure tu pars demain? Je ne sais pas. Je dis, en fin d'après-midi ou en début de soirée. Qu'est-ce que tu comptes faire? J'ai un contrat en poche, quatre semaines en avril au Blayais, et en mai Tricastin, la deuxième quinzaine, ce que ça vaut aujourd'hui? Il le reconnaît, pas grand-chose, sauf peut-être le droit de me présenter et d'expliquer quelle est ma situation. Travailleur DATR, on n'y pense pas avant. D'avoir signé sous condition. Quand la condition tombe, le contrat tombe aussi. On manque de lucidité, quelque chose a du mal à passer la barre. Ce qui résiste au réel, c'est ça, le risque, l'appréhension du risque, on en connaît le prix, à valeur de prime en pied de page[2] sur le contrat, ou plus haut le montant brut du salaire un peu meilleur ici qu'ailleurs, et l'indemnité journalière pour frais d'hébergement sur laquelle on économise quand on s'arrange à plusieurs pour la location. Donc du risque, on cerne assez bien les contreparties, rapidité d'embauche et rémunération, mais on prend moins facilement la mesure. Parce qu'une agence s'engage, on se réjouit un peu vite. Chinon, le Blayais, Tricastin, j'avais trois mois de visibilité, j'étais content. Il me fait la remarque: «Aujourd'hui tu as douze mois devant toi.» Sous-entendu, douze mois d'interdiction d'accès qu'il va falloir mettre à profit. Facile à dire. Douze mois ferme sur un geste idiot. Curieux d'y voir un tremplin. Et en même temps, abandonner le métier, tourner la page, à quoi bon? L'industrie nucléaire plutôt que le bâtiment ou l'automobile, certains y trouvent leur compte. La preuve, on en croise tous les jours qui pourraient changer de vie, ils ont eu leur lot de galères, et pourtant ils sont là, qui en redemandent. Qu'est-ce qui les attire?

On en croise, Jean-Yves le reconnaît, même s'ils ne sont pas très nombreux. Il se tient debout dans l'angle de la cuisine en L, calé

---

1. **Jardinière**: préparation à base de différents légumes.
2. **En pied de page**: en bas de la page.

contre l'évier en inox, il a sorti la planche pour le désossage ou la découpe, il débite le rôti, rassemble les tranches au milieu d'un plat au fur et à mesure, puis verse la jardinière. J'aime bien l'observer. Même sur des gestes simples, j'aime bien observer la manière qu'il a, et qui n'appartient qu'aux gens comme lui, de faire les choses. Il me dit sans lever la tête, il n'y a rien pour toi ici. Rien à chercher que tu ne puisses pas trouver ailleurs. Sauf à le faire, venir et t'entêter dans cette voie, pour de mauvaises raisons. Il a pris le plat, le pose en bout de table sur un torchon plié en quatre. Il me fait signe, sers-toi. Il s'assoit. D'après lui, ces gars ne sont pas nets. Ils jouent à se faire peur. Jeunes pour la plupart. De toute façon, à ce rythme, on ne fait pas de vieux os. Ce qu'ils aiment dans leur travail, c'est les sensations fortes. Tu les regardes le samedi soir, comme des bizuths[1] en permission, tout ce qu'ils sont capables d'ingurgiter[2] debout, après ça la première fille qui passe et veut bien les suivre est la bonne. Partout, c'est le besoin de vitesse quand ils prennent le volant, et le besoin de partir dès qu'ils en ont fini avec la fille. Les mêmes, tu les retrouves en trois-huit, toujours à fond, de jour comme de nuit, increvables, à te demander certains jours avec quoi ils tiennent. J'en ai vu s'effondrer comme ça sur un chantier, raides. Tu les évacues, et le lendemain un petit jeune arrive avec la même assurance. Bien sûr, il faut avoir des tripes[3]. Mais avoir des tripes, ce n'est pas se shooter[4] à l'adrénaline[5]. Tu peux en croiser qui sont compétents, c'est bien ça le pire, des gars valables qui jouent à se détruire à petit feu, tu ne sais pas pourquoi, quand d'autres travaillent ici pour vivre, eux ce qui les attire, c'est le danger, la certitude tous les jours de pouvoir se mettre en danger, qui n'est pas à la portée de n'importe quelle tâche dans une industrie quelconque. Ils viennent d'horizons différents, mais jamais parmi eux tu n'en trouveras qui

---

1. **Bizuths** : jeunes soldats, nouvelles recrues.
2. **Ingurgiter** : avaler, boire en grande quantité.
3. **Avoir des tripes** : être courageux (familier).
4. **Se shooter** : se droguer, se doper.
5. **Adrénaline** : substance sécrétée par le corps, notamment dans les situations de stress, et qui provoque des sensations intenses.

ont su rester plus de six mois en poste. Le nucléaire, finalement, ça leur convient, tant que le corps joue le jeu, pas d'attache, le tour de France, et dans la durée quand même. À ce rythme, l'argent file vite. Il fait un geste. Chez nous, ça file vite, chez eux, plus vite encore. Quand ils arrêtent, ils sont comme au premier jour, la voiture garée devant l'hôtel et deux sacs dans le coffre, mais cinq ans de plus. Et le corps qui, en cinq ans, en a pris le double.

Il fait nuit. Derrière les parois de la caravane, le vent souffle de l'ouest et traverse les peupliers plantés en bordure du terrain. Rien ne semble devoir troubler le calme. Il y a des bancs en ciment face à la Loire. L'été, les enfants jouent au pied du talus sur le chemin de halage[1], ou plus loin en contrebas dans le sable et se baignent, et le vent rapporte leurs cris par-dessus les bancs et les branches, jusqu'au milieu des tentes. Jean-Yves a sorti sa bière de réserve. On est assis sur la banquette, rideaux tirés. Il parle. Ça fait du bien. Il a une présence, quand il parle, qui emporte l'adhésion. Il n'y a rien d'autre à faire qu'à l'écouter, à s'intéresser, à y mettre son grain de sel de temps en temps, mais ça n'est pas obligatoire, c'est comme on veut, comme on le sent, la conversation il l'entretient très bien tout seul. Je tire profit de la situation, de cet élan qu'il communique aux autres, rien qu'à l'entendre, à le voir agir, par simple contact, comme les surfaces d'échange primaire-secondaire, dans le respect et l'étanchéité des circuits, qui vous remet sur pied et vous redonne envie d'entreprendre. Même si après coup, hors de ce champ d'énergie, l'effet se dissipe, c'est toujours ça de pris, ce moment-là, dans l'odeur de viande qui remplit l'habitacle, l'envie de faire et la faim qui va avec. Le vent souffle dehors, des images muettes défilent sur l'écran. Là-dessus, la voix de Jean-Yves prend toute sa place, à sa mesure, puissante, chaleureuse, sans risque pour moi de devoir combler les silences. J'aime l'écouter, le regarder, ça me repose. Quand chez d'autres c'est un monologue qui n'en

---

1. **Chemin de halage**: chemin qui longe un cours d'eau, et qui permet de tirer les bateaux par un cordage.

finit pas et ne vaut que par le flux continu qui se répand et soulage celui qui parle, ou alors simplement il s'en régale et celui d'en face qui l'écoute et a la même faim n'a qu'à faire abstinence[1], quand d'autres font irruption et déversent à vos pieds les tonnes dont ils sont excédentaires, comme devant les grilles de la sous-préfecture, les revendications en moins, quand ils vous parlent et vous pourriez être n'importe quoi de vivant ou non, n'importe quelle surface réfléchissante, ils parleraient pareil, Jean-Yves lui a une façon d'occuper le terrain qui vous soulage de devoir le faire, et en même temps vous interpelle, et bizarrement toujours ce qu'il dit vous concerne, et quand l'intérêt baisse, d'instinct il redresse la barre, il a un savoir-faire pour ça, si bien qu'au final c'est le compagnon idéal des timides, des taiseux[2], et des jours de blues.

Il parle d'Electrabel qui est l'opérateur dans son pays, la Belgique. Et de l'apprentissage qu'il y avait autrefois dans les centrales avant le rachat par Suez[3], du lien étroit, solide, entre le gars qui arrivait et celui dont il copiait les gestes et les réflexes de prévention. Et c'est un autre monde qui s'ouvre, dans la fierté du métier et les relations fortes entre les hommes, cette force de l'expérience et de la transmission qui s'interposait pour l'ouvrier jeune entre lui et l'univers menaçant, confiné, du travail en centrale. Il a sorti sa meilleure bière, celle dont il fait un trafic transfrontalier[4] quand il travaille sur les chantiers de Gravelines ou Paluel[5]. Je suis là, embarqué sur son canot, et lui à la rame avec sa poigne[6] d'homme du Nord, le canot lentement sur tout un réseau d'écluses et de bassins, et sa parole fluide, son accent qui donne du poids aux mots et parfois presque un autre sens aux histoires, aux anecdotes, qui sont pourtant les mêmes là-bas qu'ici.

---

1. **Abstinence** : privation volontaire de certains aliments.
2. **Taiseux** : personnes qui parlent peu.
3. **Suez** : nom d'un grand groupe industriel franco-belge spécialisé dans le secteur de l'énergie.
4. **Transfrontalier** : des deux côtés d'une frontière.
5. **Gravelines, Paluel** : noms de sites nucléaires français (voir carte p. 11).
6. **Poigne** : force.

10

Je suis parti tard et j'ai roulé. Un break Audi m'a doublé à la barrière de péage de Châtellerault et je l'ai pris comme lièvre, calé sur son rythme, à bonne distance, il trace sa route et m'ouvre la voie, le premier flash sera pour lui en cas de contrôle.

J'ai aimé ça, prendre le volant de la 306 aux côtés de Loïc, quelle que soit l'heure. Au début, c'était d'une seule traite – avant de travailler dans le nucléaire. Déjà l'intérim, déjà entre deux contrats on préférait faire le trajet de nuit et dans l'élan de la journée de travail, mais à la hussarde[1], sans jamais faire de pause sauf stop obligatoire à la station-service. Et là toujours pressés, non plus cette fois de partir mais d'en finir, et sous prétexte de ne perdre du temps ni au départ ni à l'arrivée, ne rien admettre des signes avant-coureurs, et laisser un état s'installer qui n'est pas sans risque, et aimer cet état planant de fatigue accumulée et le danger qui va avec. J'ai aimé ça, prendre le volant, avec comme seul objectif le point P à atteindre. Dans le nucléaire, une ville classée moyenne – moins de dix mille habitants – à l'écart des grandes agglomérations. Et toujours les installations à l'écart de la ville pour limiter l'impact en cas d'accident. On quittait le site après une journée de travail, à destination du prochain chantier, en n'ayant rien d'autre comme obligation que d'être à pied d'œuvre le jour J. De ce jour, tel que stipulé[2] au contrat, nous séparait parfois plus de temps que nécessaire, ou au

---

1. **À la hussarde** : avec brutalité, sans délicatesse.
2. **Stipulé** : précisé comme condition.

contraire tout juste de quoi faire le trajet – dans ce cas la voiture nous attendait sur le parking avec le plein, pour l'itinéraire, on avait vu ça la veille. Quand on prenait la route ensemble sur de longues distances, c'étaient des quarts[1] la nuit comme en haute mer, corrects sans plus pour la qualité du sommeil, et pourtant réparateurs par un mécanisme étrange de relâchement et d'immersion totale dans une bulle sonore. Au matin, il ouvrait la fenêtre, grillait[2] ses cigarettes, et on parlait. Il avait les quelques années de plus que moi qui faisaient tout l'intérêt du face-à-face. Pour deux types comme nous, d'accord sur l'essentiel, il fallait au moins ça. Et de l'image que chacun retrouvait dans l'autre de son futur proche ou de son passé pas si lointain, je garde le souvenir de ces heures passées à se raconter à celui qui n'en revenait pas d'être capable lui aussi de le faire, un truc de filles, et même la musique servait à ça, à tester jusqu'où dans le parcours de chacun et ses projets pour l'avenir iraient les points communs. Et sur cette voie-là, qui n'était pas franchement l'autoroute du futur, plutôt une voie du réseau secondaire, c'était lui mon lièvre, qui me donnait à voir par les années d'avance qu'il avait prises, ce que j'allais devenir. Je le regardais filer, conduite souple et vitesse non réglementaire. J'étais confiant, prêt à l'imiter dans ses entreprises et l'enthousiasme communicatif qu'il en avait.

Je roule, il fait nuit. Le conducteur de l'Audi tient son cap et je tiens ma distance, l'aiguille de mon compteur calée sur sa vitesse, ses feux arrière en point de mire. Le paysage défile derrière la vitre, éclairé par endroits. Il y a dans le coffre, sur la banquette arrière, tout. Tout mon patrimoine. C'est un rêve de gosse. Rouler la nuit et avoir avec soi, dans un seul mobile, du contenant au contenu, tout ce qu'on possède, ou parmi les choses qu'on possède, celles qui nous sont vraiment utiles et dont on peut se contenter, avec lesquelles on vit très bien et qui finissent par être tout notre bagage. C'est un rêve facile, mais pas forcément de liberté. Comme un mode de vie

---

1. **Quarts** : périodes pendant lesquelles une partie de l'équipage d'un navire, à tour de rôle, est de service.
2. **Grillait** : fumait (familier).

traditionnel. Partir et tout emporter. Ou ne rien laisser derrière soi, ce qui est l'autre point de vue. Ne rien laisser d'autre que la trace de son passage à valoir pour ceux qui suivent, et parfois en arrivant, découvrir la marque laissée par ceux qui nous ont précédés, qu'on imagine suivre la même trajectoire que nous selon la même ligne de fuite, alors que non, dans la pratique ça ne se passe pas comme ça; nomade, ce n'est pas l'exploration continue de nouvelles terres, c'est une façon d'être en boucle, mais alors sur un territoire suffisamment vaste, et dans des intervalles de temps avant de retomber sur ses propres marques suffisamment longs, pour que l'impression d'être en boucle ne vienne pas, même si le temps se referme et que les années s'empilent, même si tous les lieux se superposent, et les saisons, et les visages des rencontres, il reste le mouvement, cette certitude jusqu'au bout d'être en mouvement.

Partir, façon compagnonnage[1], aller d'un chantier à l'autre et tout transporter, l'essentiel n'ayant pas nécessité à l'être que l'on retrouve à chaque étape, on voyage léger, et rien n'est plus rassurant que d'avancer comme ça sans charge inutile. Façon compagnonnage donc, avec la Cayenne[2] mais sans la Mère[3], et tout ce qu'on imagine de cette communauté forcée pour qui n'aime pas spécialement la vie communautaire. La Mère, en maîtresse femme, qui les régente tous. Rien ne les force à y entrer – pour les valeurs –, à y rester. Excepté ce goût qu'ils ont du travail bien fait, transporté des cathédrales aux zones franches[4], qui est leur marque de fabrique, du Tour de France ou du Devoir[5], tous compagnons, qui pour en être n'en sont pas moins des hommes qui ont le droit de douter ou d'avoir des regrets certains soirs. On imagine, entre eux, une seconde famille. Et pour ceux qui n'en ont jamais eu, ou qui auraient préféré en avoir

---

1. **Compagnonnage**: organisation ouvrière, qui repose sur des formes d'aide mutuelle, et dont les membres font le tour de la France pour parfaire leur formation.
2. **La Cayenne**: lieu de réunion des compagnons, assemblée de compagnons.
3. **La Mère**: femme qui tenait les maisons des compagnons.
4. **Zones franches**: zones qui bénéficient d'avantages comme des exonérations d'impôts.
5. **Tour de France, du Devoir**: noms d'associations de compagnons.

une autre, dans chaque ville, quelque part, à la manière ancienne, un endroit, et là, derrière les murs, une vraie solidarité et de vrais liens d'affection, ou de rivalité, ou de crainte, et de respect, et tout ça mêlé, avec des contradictions et des moments de joie, comme partout, comme dans toutes les fratries.

Travailleur itinérant, de cette façon-là où chacun se reconnaît dans l'autre, sur la route, à la halte du soir, sur un chantier, qui a la même poignée de main ou le même jargon[1] que toi, et qui avec toi, car deux personnes suffisent, constitue un cercle magique, parfois à trois ou quatre, mais toujours en comité restreint, par construction, par le principe même qui préside à l'organisation de la main-d'œuvre d'un bout à l'autre du territoire. Reconstituer partout des rapports d'une intensité, d'une vérité immédiates, cette vérité qui prendrait au moins dix ans dans la société civile, des liens hérités d'un autre âge qui donnent le temps nécessaire aux hommes pour se connaître, comme le maître au compagnon pour parfaire son travail et en être fier. Il y a partout comme ça en France des îlots, et probablement ailleurs à travers l'Europe, et dans ces îlots une tradition restée vivante, qui force l'admiration ou qui fait sourire, avec ou sans nostalgie, comme on sourit d'une entreprise à contre-courant de l'époque.

Travailleur itinérant. J'aurais aimé le faire d'une autre manière que de cette manière-là, moderne, évaluée en jours/homme et temps machine, quand les mains ne produisent plus rien de solide et de constructif pour celui qui les dirige. Je roule, et à travers la vitre je change de lieu, pour retrouver devant moi ce qu'il y a derrière. Combien de trajets, combien de contrats signés depuis mes débuts dans la vie active ? Du paysage qui défile, je ne sais rien. Ni de la géographie de la France. Ni des dizaines de milliers de kilomètres affichés au compteur qui auraient au moins pu servir à ça, à rassembler quelques pièces du puzzle, que d'un trajet à l'autre une carte se dessine, une certaine idée du pays, alors que là rien,

---

1. **Jargon** : langage propre à un groupe, incompris des non-initiés.

il ne m'en reste rien ; et de toutes ces séquences derrière la vitre qui s'additionnent par portions d'autoroutes et stations et péages successifs, et alternance de phares, de zones urbaines et de nuit noire, en quatre ans, s'il faut en détacher une seule ayant valeur d'exemple, pourquoi pas celle-ci, qui à sa façon vaut pour toutes les autres et que j'ai sous les yeux, d'un trajet de nuit au début du mois d'avril 2007, entre la centrale de Chinon en Indre-et-Loire et celle du Blayais en Gironde.

Arrêt sur lecture 1

Pour comprendre l'essentiel

La centrale : une puissance monstrueuse

1 Dès l'incipit, la centrale impose d'emblée sa présence et sa puissance. Mettez en évidence l'influence qu'elle a sur les hommes et sur le paysage.

2 Le champ lexical du corps humain est utilisé pour décrire le fonctionnement de la centrale. Après avoir relu les pages 27-28, 30 et 53, précisez quel est l'effet produit par cette personnification.

3 De nombreuses procédures techniques de maintenance ou de protection, tant à l'extérieur qu'à l'intérieur de la centrale, sont évoquées. À partir des chapitres 1 et 5, dites quelle image cela contribue à donner de l'univers du nucléaire.

Le récit d'un travailleur

4 Le récit est pris en charge par un narrateur anonyme et insaisissable. Montrez-le en relevant notamment des exemples de tournures impersonnelles.

5 La première partie du roman est construite autour d'un incident subi par le narrateur dans la centrale mais au sujet duquel il reste assez mystérieux. En observant la succession des chapitres, dites comment cet incident est progressivement dévoilé.

6 Dans son récit, le narrateur évoque le mode de vie des travailleurs intérimaires et leur solidarité. Mettez en évidence les liens particuliers qui l'unissent à Loïc d'une part et à Jean-Yves d'autre part.

Au cœur du réacteur

7 Les premiers chapitres sont nourris d'explications techniques sur le fonctionnement d'une centrale nucléaire. Relevez quelques passages qui illustrent le schéma page 10 et montrez qu'ils donnent au texte une dimension presque naturaliste.

8 Les travailleurs intérimaires des centrales nucléaires semblent tous préoccupés par la même idée. Rappelez de quoi il s'agit en vous appuyant sur des citations précises du texte.

9 Si la centrale est personnifiée, les ouvriers sont quant à eux déshumanisés. Montrez qu'ils sont souvent évoqués par l'intermédiaire du vocabulaire technique propre au nucléaire en vous appuyant notamment sur la page 28, puis soulignez l'effet produit.

✔ *Rappelez-vous !*

• L'incipit a pour fonction de mettre en place un **univers de référence** et des **choix narratifs** (temps des verbes, focalisation...). Il doit également susciter la **curiosité du lecteur**. Le premier chapitre de *La Centrale* s'appuie à la fois sur des éléments documentaires, au sujet du travail dans les centrales nucléaires, et sur une histoire personnelle, racontée à la première personne par un narrateur à l'identité floue. Cette conjonction provoque ainsi la surprise et l'intérêt du lecteur.

• **La structure du roman est complexe** : la narration ne progresse pas de manière linéaire. Les changements de chapitres introduisent des **ruptures** dans le récit, même si le fil conducteur reste la centrale. De plus, le narrateur recourt à de nombreux **retours en arrière** (analepses) pour évoquer des événements qui se sont produits avant l'incident qu'il raconte.

Vers l'oral du Bac

Analyse des lignes 110-150, pages 19-20

➜ *Montrer que les travailleurs mènent un combat contre un ennemi invisible*

Conseils pour la lecture à voix haute

– La lecture à voix haute fait partie intégrante de l'épreuve du Bac et de l'évaluation : il est donc important de s'entraîner. Vous ne devez surtout pas donner l'impression que vous découvrez l'extrait ; au contraire, la lecture doit déjà manifester l'analyse du texte.

– Veillez à respecter le rythme de l'extrait : s'il est ponctué de nombreuses phrases nominales qui lui confèrent un aspect froid et détaché, il comporte aussi une très longue phrase (l. 124-138) qui nécessite de bien prendre appui sur les virgules pour en traduire l'ampleur.

Analyse du texte

■ *Introduction rédigée*

La voix qui résonne dans *La Centrale* est celle, blanche et anonyme, d'un intérimaire du nucléaire. Elle décrit un univers froid et fascinant à la fois, sur lequel plane l'ombre tutélaire de la centrale. Le premier chapitre du roman débute avec l'évocation de trois suicides et s'achève sur un assez long paragraphe qui expose le paradoxe cruel auquel sont soumis les employés des centrales nucléaires : la crainte de l'irradiation, et celle de ne plus pouvoir exercer un travail qu'ils savent dangereux. Il s'agira ainsi de montrer qu'une guerre contre un ennemi invisible se joue pour ces hommes dans la centrale. Nous analyserons d'abord la description de cet univers déshumanisant, puis nous verrons que la tâche quotidienne des travailleurs intérimaires est pour eux aussi vitale que dangereuse, puisqu'ils sont confrontés à un ennemi invisible.

Analyse guidée

I. Un univers déshumanisant

a. L'accès à la centrale est très contrôlé. Relevez les éléments qui présentent cet univers comme crypté et impénétrable, puis analysez la part de mystère qui s'en dégage.

b. Dans la centrale, l'individu semble totalement nié. Montrez que chaque travailleur obéit à des automatismes et peut être remplacé immédiatement.

c. Dans cet extrait, le narrateur lui-même semble s'effacer derrière un discours d'une portée beaucoup plus générale. Prouvez-le.

II. Un travail vital mais dangereux

a. Le danger encouru par les travailleurs dans les centrales nucléaires est éminent et génère une certaine tension. Mettez-le en évidence.

b. Le risque d'irradiation semble être l'obsession permanente des intérimaires. Justifiez-le en prenant notamment appui sur les différentes occurrences du verbe « penser » dans l'extrait.

c. Paradoxalement, la principale crainte de ces hommes est de perdre leur travail. Montrez-le en vous attachant plus particulièrement à la peur de l'exclusion qui les anime.

III. Un ennemi invisible

a. Le combat que mènent quotidiennement ces techniciens est physique mais leur ennemi reste invisible. Dites comment cette idée se traduit dans le texte.

b. Ces hommes semblent davantage être des soldats que des travailleurs. Analysez le champ lexical de la guerre dans l'extrait.

c. Le texte suggère l'idée d'une menace mortelle qui n'est pour autant jamais nommée. Mettez-le en évidence.

Conclusion rédigée

Ce passage évoque l'obsession des employés des centrales nucléaires : le risque d'irradiation. Dans un univers déshumanisant, l'Homme mène un combat contre un ennemi invisible. Il risque sa santé, sa vie, mais accomplit son travail dans la crainte incessante de le perdre – paradoxe souligné et amplifié par la métaphore filée de la guerre des tranchées. Ce paragraphe constitue la fin du premier chapitre de *La Centrale*, dont les tout premiers mots traduisent immédiatement l'idée d'une guerre meurtrière : « Trois salariés sont morts au cours des six derniers mois, [...] trois frères d'armes, tous trois victimes de la centrale et tombés sur le même front. Un front calme » (p. 15). Cet extrait présente aussi les éléments de l'intrigue principale, puisque le personnage central est celui qui vient de « recevoir la dose de trop » (p. 20) et qui se retrouve seul, comme exclu, à contre-courant du flot des travailleurs qui pénètrent dans la centrale.

Les trois questions de l'examinateur

Question 1. Ce passage vous semble-t-il révélateur de l'ensemble du roman ? Pour quelles raisons ?

Question 2. Lecture d'images Que pouvez-vous dire des rapports entre l'Homme et la centrale à partir de la photographie reproduite en couverture ? En quoi cette image illustre-t-elle l'atmosphère du roman d'Élisabeth Filhol ? Vous pourrez compléter votre analyse en prenant appui sur la photographie du film *Grand Central* de Rebecca Zlotowski reproduite en début d'ouvrage, au verso de la couverture.

Question 3. Connaissez-vous d'autres œuvres (textes, films, tableaux...) qui évoquent le travail ?

Le Blayais

11

J'ai fini la nuit sur la banquette arrière, coincé au réveil entre deux poids lourds espagnols qui n'étaient pas là cinq heures auparavant quand je me suis garé, et le temps de traverser le parking de la station-service, de prendre un café double au distributeur et de parcourir les titres de Sud-Ouest[1] perché derrière la vitre, je lève les yeux, ils sont déjà partis. Curieux mélange. De nomadisme et de règles strictes d'organisation et de rentabilité[2]. Je sors de la boutique, dans les haut-parleurs derrière moi il est sept heures, devant moi le soleil grimpe à l'assaut d'une journée qu'ils annoncent quasi estivale sous une ligne La Rochelle-Grenoble, j'aurais pu filer plein sud cette nuit jusqu'à la frontière, j'y ai pensé.

On quitte l'autoroute A10 à Mirambeau. De Mirambeau en direction du Blayais, la départementale sillonne les douze derniers kilomètres d'un plateau calcaire. Des collines, de la vigne, des champs de céréales. Par endroits, l'encaissement de la route[3] ou simplement un alignement d'arbres entre deux champs coupe la perspective. Puis le plateau s'interrompt, et d'un coup la vue s'élargit. Ce qu'on domine alors du haut de la falaise morte, c'est l'espace ouvert, sans limite, des polders[4]. Je scrute le ciel, par réflexe, machinale-

1. **Sud-Ouest** : nom d'un journal régional.
2. **Rentabilité** : aptitude à générer du profit, des bénéfices.
3. **Encaissement de la route** : état de la route, resserrée entre deux versants abrupts.
4. **Polders** : vastes étendues de terres conquises sur la mer grâce à des digues et des travaux d'assèchement.

ment, je cherche dans leur ascension les panaches blancs de vapeur caractéristiques des centrales électriques, mais il n'y a pas de tour réfrigérante au Blayais, donc aucun signe distinctif de sa présence à vingt-cinq kilomètres à la ronde comme c'est le cas à Chinon. Bientôt la route bascule, et on entame la descente sur la Gironde.

Dès l'entrée du village, un premier rond-point détourne le trafic de la traversée par la rue principale. Le camping-car devant moi ralentit, une caravane le précède tractée par un fourgon, le village est désert, sous un ciel net, pas un nuage, et les hommes au volant, vitre ouverte, négocient le virage avec la même conduite souple et le même regard qui porte loin, un peu flou après une nuit de trajet: on est à deux jours de l'arrêt de tranche, de partout les énergies convergent vers la centrale. Il y a ceux comme moi qui se présentent la veille ou l'avant-veille de l'ouverture du chantier, qui font la tournée des agences prêts à saisir la première mission qui se présente; et les autres, contrat en dur[1], primes et intéressement[2], ils sont salariés des sociétés prestataires, avec là aussi des nuances et une hiérarchie, mais dans l'ensemble, au regard de la situation d'un intérimaire, la leur peut paraître enviable.

Des agences d'intérim, au Blayais, il y en a trois. La première, cent mètres après la mairie quand on remonte la rue principale en direction du stade, est une enseigne locale. Les deux autres, affiliées à des réseaux nationaux, se font face un peu plus loin à l'entrée de la zone artisanale. Trois agences, pour une commune de moins de deux mille habitants. La centrale, premier contribuable[3] et premier employeur, et comme en écho à autant de recettes fiscales, la démesure des infrastructures sportives et de loisirs qui en dit long sur la contrepartie à payer. En vitrine, des métiers plus familiers que d'autres, soudeurs, mécaniciens, électromécaniciens,

---

1. Contrat en dur: contrat d'embauche ferme, par opposition au contrat d'intérimaire.

2. Primes et intéressement: revenus versés à un salarié, en plus de son salaire, en fonction des bénéfices de l'entreprise.

3. Contribuable: personne ou entreprise qui paie des impôts.

pour ce qu'on en connaît, téléphonistes, magasiniers, gardiens. Et d'autres qui surprennent au premier abord, échafaudeurs, nettoyeurs, décontamineurs, calorifugeurs[1], robinetiers, tuyauteurs, techniciens en contrôle non destructif, dont on aurait du mal à dire quand on débute dans le métier en quoi leur bizarrerie peut à la fois nous attirer et nous mettre mal à l'aise, et qui font pourtant le plus gros contingent[2] de l'offre, on soupçonne bien qu'il y a un rapport entre les deux, des postes à pourvoir par dizaines, et en l'absence le plus souvent d'un descriptif, sur la seule foi[3] de l'intitulé et de ce qu'il recouvre, on se prend à imaginer le reste, les gestes traditionnels, et en quoi ces gestes dans le savoir-faire du travail en centrale sont relégués au second plan au profit d'autre chose. Mais tout de même, des postes à pourvoir, du jour au lendemain, une économie de l'offre, c'est bien ça l'essentiel.

On pousse la porte, et c'est signé. Qui n'a jamais fait ce rêve ? Après avoir jeté un coup d'œil sur les annonces affichées en vitrine, par ce seul geste exprimer sa motivation, la dame se charge du reste. Vous entrez, vous n'êtes ni le premier ni le dernier, elle est là, disponible, elle répond au téléphone mais son sourire est pour vous, et son regard aussi qui entame déjà le dialogue, et son bras qui vous invite à tirer la chaise et à vous asseoir, ce que vous faites, c'est dans la poche, le job est pour vous.

Métiers à risques. Pourquoi certains franchissent le pas et d'autres non ? Il y a la nécessité, l'urgence, mais pas seulement. Ce qui est à l'œuvre là-bas, au cœur de la centrale, en fascinera d'autres après nous, ce mélange des genres. Comme d'avoir une tension en soi, une crainte sourde, ça n'enlève rien. Le fait qu'à l'attirance soit mêlée autre chose. Certains viennent pour ça, Jean-Yves a raison. Disons qu'on peut venir pour ça, d'autres l'ont fait, certains le font encore. Aussi, bien sûr, pour tout un tas d'autres raisons. Mais en

---

1. **Calorifugeurs** : personnes qui posent ou déposent des matériaux isolants sur les tuyauteries ou les cuves.
2. **Contingent** : quantité.
3. **Foi** : ici, formulation, promesse.

dernier ressort, pour aller jusqu'au bout, pour atteindre ce point vers lequel tous les désirs convergent dans leur ambiguïté, ce point central d'où tout part, d'où toute l'énergie primaire est issue. S'en approcher au plus près, sentir son souffle. D'une telle puissance. Dont on connaît bien les effets dévastateurs. Mais qui a sur les hommes, du moins certains hommes, une force d'attraction incomparable – sur certaines femmes aussi peut-être, je ne sais pas, il n'y a pas beaucoup de femmes dans les centrales.

Notre premier contrat, Loïc l'a décroché en juin dernier par l'ANPE[1] de Lorient, deux semaines de mission précédées par un stage obligatoire d'habilitation DATR. On n'était pas en situation de pouvoir rester inactifs trop longtemps, à pointer[2] tous les mois, il m'a convaincu de signer et j'ai suivi le mouvement. De Lorient au Blayais, cinq heures de trajet non-stop, le moteur dans l'oreille réglé comme une horloge, et ce flot d'images qui défilent derrière la vitre, qu'on n'analyse même plus, on s'en rend compte après, à quel point elles participent à la fatigue générale. Du silence et une image fixe, quand ça s'arrête, temps mort. Et l'immensité du parking à laquelle on ne s'attendait pas. Un temps sans flèche, réversible, on croit encore pouvoir inverser le cours de l'histoire et remonter quelques quatre cent soixante-dix kilomètres plus tôt, quand la 306 s'est engagée sur la bretelle[3] de la voie express, en fait non, à y réfléchir ça se joue avant, on remonte d'un cran supplémentaire, jusqu'au moment qu'on estime être à la croisée des chemins où on s'est fait remercier par la DRH[4] de l'usine, baisse d'activité dans l'automobile, et la prime de précarité[5] qu'elle nous grappille[6] en

1. **ANPE**: Agence Nationale Pour l'Emploi, devenue depuis Pôle-Emploi, organisme chargé de centraliser les offres et les demandes d'emploi.
2. **Pointer**: ici, se présenter à l'ANPE pour renouveler sa demande d'emploi.
3. **Bretelle**: voie d'accès.
4. **DRH**: Directeur des Ressources Humaines, personne chargée de la gestion du personnel.
5. **Prime de précarité**: indemnité versée sous certaines conditions à un salarié à la fin de son contrat à durée déterminée.
6. **Grappille**: prend, enlève de-ci, de-là.

jours de congés posés par elle arbitrairement[1] pour nous tous en fin de mission, sauf que des congés à quelques jours des grandes vacances, inscription et pointage obligatoires, on n'en demandait pas tant, mais bon, c'est comme ça, le prix à payer aujourd'hui pour le diplôme hier qu'on n'a pas eu, en électrotechnique, que j'aurais pu avoir, vu que BTS électrotechnique c'était bel et bien un choix personnel, va-t'en savoir pourquoi, la croisée des chemins, à ce moment-là ou quelques années plus tôt, peu importe, à y réfléchir de trop près, ça nous échappe. L'espace au pied de la centrale paraît surdimensionné, vide aux trois quarts avant l'ouverture du chantier, comme hors saison autour des hypermarchés des stations touristiques, quand le vide donne à voir autre chose, par le nombre de places réservées au stationnement l'affluence des mois d'été, du jour au lendemain le parking se remplit, calibré[2] pour ça, un mois par an, la saisonnalité du nucléaire. Le parking comme le reste, l'intérim, l'hébergement, aux dimensions d'un arrêt de tranche, mille hommes, venus de partout.

---

1. **Arbitrairement** : de manière autoritaire.
2. **Calibré** : conçu aux dimensions appropriées.

12

« Entrez, entrez ! » Elle me précède, la dame de l'agence, souriante, dynamique, encombrée, le porte-documents, le trousseau de clefs, sa veste sur le bras, le sac à main à l'épaule. Je suis arrivé tôt et j'ai attendu dans l'air frais du matin, calé contre la portière, à dévisager les rares conductrices en transit dans la zone artisanale ; elle, à huit heures cinquante, au volant d'une Mini Cooper vert bouteille, je la reconnais immédiatement. Elle me tient la porte, je lui emboîte le pas et m'installe dans le rôle du premier client de la semaine. À peine le temps de retrouver mes marques dans un décor qui n'a pas changé depuis l'année dernière, le temps pour elle de relever les stores et d'éteindre le répondeur du téléphone, déjà elle disparaît dans une pièce attenante qui, au bruit de cafetière électrique, de cintres métalliques dans l'armoire, et de chargement d'une rame neuve de papier[1] dans la photocopieuse, doit faire office à la fois de cuisine, de vestiaire et de réserve, avec une porte sur l'arrière du bâtiment qu'elle vient d'ouvrir, on sent l'air frais qui entre, et bientôt c'est l'odeur de café qui va suivre, ça y est, elle s'assoit derrière le bureau et déjà se penche pour allumer l'unité centrale[2] et me parle, c'est une belle journée qui s'annonce, elle le dit autrement, qu'ils vont avoir beau temps sur la côte, la côte atlantique n'est qu'à une quarantaine de kilomètres d'ici à vol d'oiseau, mais il faut remonter

1. **Rame [...] de papier** : paquet de cinq cents feuilles.
2. **Unité centrale** : partie d'un ordinateur, comprenant notamment le disque dur, à laquelle sont reliés l'écran, le clavier, etc.

plus au nord, au-dessus de la pointe de la Coubre[1], pour se dégager des eaux boueuses de la Gironde. L'année dernière sous un autre ciel, plombé, de juin, des gens attendaient derrière nous, d'autres nous avaient précédés, on était assis côte à côte comme au lycée dans le bureau du proviseur à regarder droit devant, tous les deux disponibles et vierges de dose, et elle, seul maître à bord, régnant sur son vivier[2] d'hommes, qui nous mettait à l'aise, et plaisantait, et s'excusait tout en clôturant un dossier à l'écran, et faisait cliqueter ses bracelets sur le revêtement blanc du bureau, interrompue par la sonnerie du téléphone, qui revenait à nous, avec toujours la même énergie, et déjà, dès le début du mois de juin, ce bronzage impeccable de fin d'été qu'elle entretient d'une année sur l'autre. « Je suis à vous ! », elle me sourit, elle porte sur son bronzage un chemisier ouvert et une jupe droite. Votre nom ? Je l'épelle. Votre prénom ? Yann. Je reprends mon parcours jusqu'à Chinon, le contenu, les perspectives, l'incident de la semaine dernière, sans trop entrer dans les détails, quelques explications quand même, histoire d'appuyer ma demande, parce que des emplois propres en arrêt de tranche, sans risque d'irradiation, il y en a peu. Et pour ceux qui existent, comme magasinier[3] ou agent de surveillance, la concurrence est rude.

Après m'avoir écouté, elle ne me dit pas, revenez demain, c'est déjà ça. Elle réfléchit. C'est-à-dire qu'elle pianote sur son clavier sans quitter des yeux l'écran, avec beaucoup de virtuosité[4]. Elle cherche sincèrement une solution à mon problème. À observer ses mains, son visage concentré, je commence à y croire, à trouver une raison d'être à ma démarche, je découvre en moi une motivation que dans l'adversité[5] et devant la tournure prise par les événements j'avais dû mettre en sourdine[6], mais qui revient en force, prête à s'épanouir.

---

1. **Pointe de la Coubre** : cap qui marque la limite entre l'estuaire de la Gironde et l'océan Atlantique.
2. **Vivier** : réserve.
3. **Magasinier** : personne qui tient le compte des marchandises en stock.
4. **Virtuosité** : talent, maîtrise.
5. **Adversité** : malheur, malchance.
6. **Mettre en sourdine** : modérer, affaiblir (sens figuré).

J'aurais bien quelque chose à vous proposer… Elle reste mesurée. Ce n'est pas la solution miracle. D'ailleurs elle continue à pianoter, mais son visage s'est ouvert. Et avec lui un chemin moins changeant dans la connexion des neurones, une trace déjà profonde, qui me fait penser que derrière cette idée-là qu'elle vient d'avoir – et qui a le mérite d'exister –, il n'y en aura pas d'autres. Mieux vaut être disponible et ouvert, ce que je suis. Elle lance une impression, agrafe ensemble deux feuilles et les fait glisser devant moi.

Agents SRP. Sécurité et radioprotection. Postes à pourvoir à l'issue d'un stage d'une durée totale comprise entre sept et dix jours selon les options, avec validation des acquis et délivrance d'un certificat de compétence. Prévu pour quinze personnes, il comporte un module[1] théorique axé sur les effets biologiques des rayonnements ionisants, la radioprotection des travailleurs et la réglementation nationale, et un module pratique avec travaux dirigés et mises en situation. S'ensuivent une grille des tarifs pour l'année en cours et un descriptif des conditions de prise en charge. À l'origine, ce type de formation était financé par le donneur d'ordres EDF, avant que le coût, comme beaucoup d'autres, ne soit transféré aux sociétés prestataires. Pour les salariés dont l'employeur change à chaque nouveau chantier, une seule solution, se le financer soi-même.

J'aurais bien quelque chose à vous proposer, mais… Mais il va falloir mettre la main à la poche[2]. Le miracle, le voilà. Dans une gestion de l'emploi par la dose, au pied de l'échelle, pour un simple intérimaire, un mois brut de salaire. Mais des facilités de paiement, une sorte de quatre fois sans frais, comme dans les grandes surfaces.

---

1. **Module** : unité d'enseignement.
2. **Mettre la main à la poche** : payer, financer soi-même (familier).

13

Sur la question de savoir si je dois payer pour ça, à cinq autour de la table, les avis sont partagés. En acceptant, tu tires un trait sur tous nos acquis. Quels acquis? Ne l'écoute pas, il parle comme un fonctionnaire[1]. C'est normal, il a trente-trois ans de maison. Je disais ça pour vous, moi je ne me plains pas, j'ai Areva[2] derrière, c'est Areva qui paie, mais pour les intérimaires ou les gars à durée de chantier qui changent d'employeur tous les mois, concrètement il n'y a plus personne, en acceptant d'y être de votre poche, vous justifiez le régime actuel, EDF encaisse les profits, vous encaissez les doses, au milieu quelques patrons de la sous-traitance tirent leur épingle du jeu et le tour est joué, les années passent, à tous ceux qui font des économies sur votre dos, vous leur donnez de bonnes raisons de ne surtout rien changer. Qu'est-ce que tu en penses, Yann, tu fais le jeu des profiteurs? Moi, je crois surtout que c'est la fille qui lui a sorti le grand jeu et qu'il est tombé sous le charme. Les filles dans les agences, elles ont un savoir-faire pour ça, tu crois qu'elles te font une faveur, qu'elles n'ont d'yeux que pour toi, et ce que tu prends pour un petit miracle est une belle entourloupe[3]. Il n'y a pas d'entourloupe, lui, il peut payer, il est célibataire, alors il paie, toi, tu as tes gosses, le crédit de la maison, donc tu regardes passer

---

1. **Fonctionnaire**: salarié de la fonction publique, par opposition aux salariés du secteur privé; le mot est ici employé de manière péjorative.
2. **Areva**: nom d'un grand groupe industriel français spécialisé dans le secteur de l'énergie et du nucléaire.
3. **Entourloupe**: mauvais tour, tromperie (familier).

le train[1]. N'empêche, les règles du jeu sont claires. Un stage radioprotection, ça te coûte cher si personne n'est là pour le prendre en charge, mais ça t'ouvre des portes. De toute façon, j'étais au taquet, je n'avais pas le choix. Toi, Bernard, qu'est-ce que tu en penses ?

Bernard, on n'a pas entendu le son de sa voix depuis le déjeuner. Il a passé l'après-midi derrière le mobile home[2] à bricoler sur sa moto, une Honda FX 650 bleue à son image, peu racoleuse[3], d'un gabarit[4] modeste, souple et maniable, avec des reprises étonnantes, surtout d'une endurance à toute épreuve, achetée d'occasion trois ans plus tôt et toujours impeccable. On l'a vu émerger à l'heure de l'apéritif dans le sillage de Daniel venu en voisin qui a son camping-car garé à côté, on a pris ensemble un verre sur la terrasse, avant d'aller s'asseoir à l'intérieur pour manger parce que ça fraîchit vite, comme on l'invite à suivre le mouvement, sous prétexte d'aller chercher une bouteille, Daniel en ramène trois sur les deux cartons de six stockés de son dernier séjour en vallée du Rhône, dont un AOC[5] Coteaux-du-Tricastin, je découvre sur l'étiquette qu'il y avait déjà des vignes au Tricastin cinq siècles avant J.-C., deux mille cinq cents ans de monoculture[6] d'une belle réputation, et l'atome qui en moins de trente ans rafle la mise[7].

Autour de la table, on se serre les coudes. La tension monte, mais redescend aussi vite. Ce que les autres ont à dire, et ils ont forcément beaucoup à dire, ils le disent en s'adressant à Bernard qui débute dans le métier. Eux parlent, lui écoute, c'est son rôle. Pour eux, il se doit d'être bon public. Curieux, facile à convaincre, prêt à s'enthousiasmer ou à s'indigner, d'avance acquis à leur cause. Ça ne lui correspond pas vraiment. Par moments, il s'absente.

---

1. **Tu regardes passer le train** : tu laisses passer l'occasion.
2. **Mobile home** : sorte de maison transportable.
3. **Racoleuse** : qui cherche à attirer.
4. **Gabarit** : dimension, taille.
5. **AOC** : Appellation d'Origine Contrôlée, label qui certifie l'origine régionale d'un produit.
6. **Monoculture** : culture d'une seule variété, ici la vigne.
7. **Rafle la mise** : gagne tout, remporte tout.

Les autres renchérissent. Ce soir, leur cause commune, leur thème de prédilection[1], c'est la gestion de la dose. La gestion telle qu'elle est appliquée, telle qu'elle est vécue, telle qu'il y sera confronté, lui, dès sa première mission. Au fur et à mesure que la soirée avance, la discussion s'enlise[2], quelques phrases reviennent en boucle, la chaleur aidant, le volume devient exigu et on ouvre les fenêtres.

Partager en quatre les frais d'un mobile home, c'est d'abord répartir entre quatre gars adultes, en général bien charpentés[3], les cinq possibilités de couchage prévues par le constructeur. Cuisine, salle d'eau, salon, coin repas, trois chambres. Le tout dans un espace vital, par projection au sol, de 34 m². Auquel s'ajoute une terrasse de 15 m² en pin autoclave[4]. Le cahier des charges s'adapte à la clientèle, la famille cible des mois de juillet/août, un couple avec deux ou trois enfants qui ouvre en grand les portes de l'hôtellerie de plein air et vit dehors. Donc trois chambres. La première, avec un lit double. La deuxième, avec un lit simple. Et la troisième, avec deux lits jumeaux séparés par une table de nuit. Mon « jumeau » n'est pas un bavard, mais ça me convient assez bien. Quand il a besoin d'être seul, il enfourche sa moto et part faire un tour. Il aurait pu se faire charrier[5] sur son prénom, parce que Bernard, dans l'idée qu'on en a, c'est plutôt la génération précédente, celle des années cinquante, mais quelque chose chez lui nous a incités à la prudence qu'on a senti pouvoir éclater à tout moment sur un sujet un peu sensible, et on s'est abstenus. Avant, il travaillait dans les grandes surfaces au rayon charcuterie-traiteur. Ça, il nous l'a dit. Et aussi la ferme des parents dans l'Orne[6]. Le premier soir, autour de la table, en trois phrases, les présentations sont faites. Les autres locataires, Fabrice et Thierry, sont mécaniciens-robinetiers et travaillent depuis

---

1. **Thème de prédilection**: sujet de discussion favori.
2. **S'enlise**: ne progresse plus.
3. **Charpentés**: bâtis.
4. **Pin autoclave**: bois qui a subi un traitement en profondeur pour durer plus longtemps.
5. **Se faire charrier**: se faire moquer (familier).
6. **Orne**: département de Normandie.

sept ans pour une société implantée à Toulouse. Sept ans d'ancienneté, c'est déjà un sésame[1]. Mais c'est sans comparaison avec les trente-trois ans de Daniel qui a connu une industrie plus près de ses origines, avec la sûreté comme credo[2], pas seulement dans les discours, aussi dans les budgets du donneur d'ordres.

De la charcuterie au nucléaire, la conversion n'est pas évidente – elle ne l'était pas davantage pour Loïc et moi, simplement, venir de l'usine, ça choque moins –, mais il suffit de le voir à l'œuvre pour que les préjugés tombent. Dans ses mains, il en sait au moins autant que nous, et le travail est propre. Quand il ne s'occupe pas de la moto, il est assis sur son lit, adossé à la cloison sandwich[3] du mobile home, son casque sur les oreilles, je ne l'entends pas. Après deux ou trois jours de vie commune, on ne se voit plus, ça allège le poids d'autant de promiscuité[4]. Comme à fond de cale[5] ou dans les prisons centrales[6]. Nous plus chanceux que d'autres, on peut s'évader, direction Bordeaux ou Royan. Si la promiscuité, c'est d'abord l'attention qu'on porte à l'autre et qu'il nous porte, ça peut se résoudre assez facilement en s'ignorant mutuellement. Mutuellement et sincèrement, par une sorte d'accord tacite[7], et une politesse dans les gestes du quotidien qui vaut, pour ce qui est du confort de vie, la meilleure complicité. Il y a ceux qui ont toujours quelque chose à dire, ceux qui n'ont rien à dire et pas grand-chose à faire, ceux qui ne parlent pas beaucoup mais n'en pensent pas moins, enfin ceux qui dressent une muraille, et Bernard est de ceux-là, on ne saura jamais ce qui se passe derrière. De quelqu'un comme lui qu'on ne connaissait pas avant et qui laisse aussi peu

1. **Sésame** : formule magique qui permet d'obtenir quelque chose.
2. **Credo** : principe, règle.
3. **Cloison sandwich** : cloison très fine.
4. **Promiscuité** : vie en commun de personnes d'origines différentes.
5. **Fond de cale** : compartiment situé sous le pont d'un bateau ; le narrateur fait ici référence aux bateaux négriers dans lesquels les esclaves étaient entassés.
6. **Prisons centrales** : prisons qui prennent en charge les détenus condamnés à de longues peines.
7. **Tacite** : sous-entendu, non exprimé.

d'ouverture aux autres pour le connaître, on fait finalement un compagnon idéal de chambrée. Rien à recevoir, rien à donner, un terrain vierge, une rencontre qui n'aura pas lieu, c'est à ce prix que la vie commune est possible dans une chambre de quatre ou cinq mètres carrés.

L'air frais circule par les vitres ouvertes, et nos voix se répandent dehors entre les masses sombres et les allées balisées[1]. Bernard, je le regarde, enfermé dans son mutisme[2], ça ne surprend personne. Pourtant ce soir, le besoin permanent qu'il a de se tenir à l'écart n'explique pas tout. Il nous écoute, puis quelque chose le rattrape, dans un mouvement de balance, ça va ça vient, il lutte et redescend parmi nous, puis s'absente à nouveau, on s'en rend compte à la manière qu'il a de fixer ou non un angle quelconque du mobile home ou un objet sur la table et de s'y accrocher – et quand il n'a pas ce regard perdu, quand il fixe l'un d'entre nous, il y met une vraie présence, presque trop, presque un peu trop volontaire, on mesure à quel point il revient de loin, à quel point c'est difficile de s'y soustraire, à ce qui l'a saisi au réveil et monte en puissance d'heure en d'heure, l'angoisse du lendemain.

Deux jours avant, on imagine encore. On se repasse la séquence des gestes par peur d'avoir un blanc. On fait de cette part de notre cerveau qui gère les automatismes, comme chez n'importe quel animal de laboratoire, notre alliée ; et inversement, de la part la plus profonde et primitive[3] qui fait la peur bleue et le lapin tétanisé[4] dans les phares, on se méfie. Deux jours avant, on imagine encore, mais la veille au soir, on n'imagine plus, on s'économise. Comme on immobiliserait un bras ou une jambe, là c'est la tête, se mettre en roue libre de la pensée[5], puisque y penser entretient l'angoisse et que penser à autre chose est impossible, par tous les

1. **Balisées** : signalées.
2. **Mutisme** : silence.
3. **Primitive** : archaïque, spontanée.
4. **Tétanisé** : paralysé, figé.
5. **Se mettre en roue libre de la pensée** : ne plus penser à rien.

moyens faire le vide, pendant les quelques heures qui précèdent la nuit où il va falloir encore redoubler de vigilance pour qu'une fois le corps rendu au repos, les mauvaises pensées ne reviennent pas en force ; se vider la tête et pour ça le corps est le partenaire idéal, par n'importe quel exercice physique qu'on lui impose, pourvu qu'on trempe sa chemise, ne pas s'y épuiser non plus, car il faudra être capable demain en situation réelle de mobiliser toutes ses ressources, moins par la difficulté de la tâche que par l'angoisse qui s'est installée, au moins chez certains. Chez d'autres, c'est juste du stress, du bon stress, c'est-à-dire en quantité raisonnable, qui dope les facultés, ça dépend des gens.

Il fait chaud. Dehors, des portières claquent. Des hommes parlent. Un moteur démarre, puis un deuxième, un troisième. Il est vingt et une heures trente. À l'heure du changement d'équipe, les premiers départs précèdent toujours les premiers retours, car la continuité là-bas ne doit pas être rompue. Puis le silence retombe. Le temps d'ici est le temps de la centrale qui tourne jour et nuit. Et les hommes tournent à leur tour sur vingt-quatre heures à raison de huit heures chacun, et rien ne semble devoir ralentir ce rythme qui est le rythme même du temps pris à sa source, le temps étalon[1] des horloges atomiques sur lesquelles le temps légal est construit. Tandis que la matière égrène les secondes, les prestataires se relaient sous le dôme du bâtiment réacteur, et les agents plus loin en salle des machines ou derrière les écrans de contrôle, les uns nomades, les autres sédentaires, ceux qui prennent les doses et ceux qui organisent, avec souvent entre les deux groupes des rapports compliqués.

1. **Étalon** : de référence.

14

La centrale. L'avoir là, sous les yeux, aussi imposante, alors qu'objectivement elle n'a rien d'exceptionnel dans ses dimensions, on ne s'y attendait pas. J'ai coupé le contact. Loïc a ouvert la portière. L'air était doux, il avait plu. Au départ, on était juste venus reconnaître les lieux, histoire d'être déjà à pied d'œuvre le lundi matin dans un automatisme ; histoire aussi de voir les eaux de l'estuaire, comme on va voir d'abord la mer en arrivant, quel que soit l'endroit, après cinq ou six heures de route, toute raison en valant d'autres, bonne ou mauvaise, pour laquelle on a entrepris le voyage, puisqu'elle est là, la mer, on va la voir d'abord, on s'organise après – ailleurs la mer, ici l'estuaire. En l'occurrence, s'organiser, c'était trouver l'agence d'intérim et une chambre pour la nuit. Et dans un second temps, un hébergement jusqu'à la fin de la mission dite « à durée de chantier ».

Au premier rond-point, celui qui vous détourne de l'entrée du village et vous cueille à froid, la décision, suivre le panneau ou s'engouffrer dans la rue principale, on a quelques secondes pour la prendre décomptées en degrés et minutes d'angle de rotation, centrale EDF, caractères bleu roi[1] sur fond blanc, à peine le temps de quitter la campagne et c'est à nouveau la campagne, mais changement de cap, cette fois plein sud à travers les marais asséchés et les cultures de maïs, le ciel était sombre, sombre à la manière d'un ciel d'été quand il est sombre, à cause de la lumière malgré tout et

1. **Bleu roi** : d'une couleur bleu vif.

des contrastes de couleur, un ciel d'Irlande ou de mousson[1] plutôt qu'un ciel d'orage, car il n'y avait aucune tension dans l'air.

Cinq kilomètres. C'est la distance qui sépare la centrale du village – et réciproquement, en cas d'incident. On ne la voyait pas encore mais on savait qu'elle était là. On gardait le cap. Avec au départ une idée simple, trouver un emploi pour une saison ou deux, payé correctement. J'avais fait le calcul, de Lorient au Blayais, quatre cent soixante-six kilomètres porte à porte par la voie express et l'autoroute A10, à se relayer, au bout de quelques heures, on en oublierait presque que tous les trajets ont une fin, jugée improbable au fur et à mesure que les kilomètres s'empilent et qu'une routine s'installe, mais une fin quand même. On savait qu'elle était là, quelque part derrière les champs de maïs, intégrée dans le paysage, la discrétion même. Tandis que les fleuves ont besoin des tours réfrigérantes pour limiter l'impact sur leur écosystème[2], ici rien de tel, profil bas sur un plat pays, la Gironde, la mer ont les épaules larges, où les rejets d'eau tiède se font directement. Dans le choix d'un site, tel emplacement plutôt qu'un autre, le cahier des charges des ingénieurs n'a pas changé depuis les années soixante : une ville moyenne située à distance raisonnable d'une grande agglomération, si possible sous le vent de cette agglomération – selon les vents dominants – et non pas l'inverse, au bord de la mer ou au bord d'un fleuve, avec un faible risque sismique[3]. Au Blayais, il y a Bordeaux, les marais, et les eaux de la Gironde. Un site idéal. Au moins sur le papier.

Vous arrivez, vous passez le rond-point. Avant même d'y être entré, vous quittez le village. Les dernières maisons, les derniers arbres, et brusquement, au détour d'un virage, ils sont devant vous, gigantesques, qui se détachent, carcasses noires, jambes métalliques et bras ouverts, sur le gris du ciel et le vert des maïs, l'armée des

---

1. **Mousson** : vent tropical soufflant dans l'hémisphère sud qui apporte d'importants changements climatiques.
2. **Écosystème** : ensemble constitué du milieu et des organismes végétaux et animaux qui y vivent.
3. **Risque sismique** : risque de tremblement de terre.

pylônes électriques, quatre lignes de front. Vous ne la voyez pas encore. Le ciel est sombre. Il n'y a aucune tension dans l'air autre que les 400 000 volts des câbles à haute tension. On le dit de certains espaces, qu'ils sont naturels. Qu'est-ce qui rompt l'espace naturel ? L'estuaire, la falaise morte, le marais. La falaise comme témoignage d'une ancienne ligne de rivage perdue à l'intérieur des terres. Est-ce que les habitations troglodytes[1] dans la falaise – la trace de ces habitations – rompent l'espace naturel ? Et la vigne, les canaux, jusqu'aux vestiges du bocage[2] en partie démantelé ? Où commence, où finit cet espace ? Concrètement, il n'y a plus rien de naturel ici, hors les bancs de sable au milieu du fleuve – et encore. La main de l'homme est partout. Dans ce paysage entièrement façonné, mais qui s'ouvre encore par nature démesurément à l'horizontale, avec si peu de repères verticaux, les pylônes dans leur ancrage ne choquent pas, et leur tête plantée à trente-cinq mètres du sol au-dessus des treillis métalliques[3] donne l'échelle. Poursuivre sa route. Si la départementale précisément ne finissait pas là, en cul-de-sac[4], sur le parking de la centrale. On ne peut pas aller plus loin, mais on peut faire demi-tour et prendre la voie dans l'autre sens à travers les marais jusqu'au village, c'est ce que font la majorité des gens qui arrivent par hasard jusqu'ici. Au lieu de quoi, j'ai garé la voiture, j'ai coupé le contact. Loïc a ouvert la portière. Et le corps à moitié engagé par l'ouverture, la tête tournée dans la direction opposée aux installations comme pour mieux se concentrer, il m'a fait signe. Écoute.

Ce que j'ai d'abord pris pour du silence et qui n'en était pas. Sur peut-être deux cents hectares de terrain clôturé. Il nous faudra moins d'une heure pour en faire le tour. Pas de gigantisme. Un plan

---

1. **Troglodytes** : aménagées dans la roche.
2. **Bocage** : type de paysage, formé de prés clos par des haies ou des arbres, et à l'habitat dispersé.
3. **Treillis métalliques** : assemblages de poutrelles métalliques constituant la structure des pylônes.
4. **Cul-de-sac** : impasse.

simple, rigoureux. Et partout des espaces laissés libres et des distances réglementaires entre bâtiments. Impénétrable, indestructible. La centrale. Ce n'est pas qu'une question de taille. On a fait dans d'autres industries comme le pétrole ou l'acier, des choses encore plus impressionnantes. Il y a le béton, mais pas seulement. Le béton dans son usage militaire, résister à des contraintes physiques exceptionnelles, mais aussi dans l'usage qu'on en a en radioprotection, étanchéité et confinement, étanchéité obligatoire de l'enceinte du bâtiment réacteur, microfissures et porosité[1] du béton suivies de près. Rien de spectaculaire. Celui qui ne sait pas passe son chemin. Une installation industrielle de plus, qui se détache sur le bleu ou se fond dans le gris du ciel, il n'y voit rien d'autre. Avec en fond sonore, jour et nuit, un bruit bas, continu, qu'on imagine ne devoir cesser qu'à l'arrêt complet de la centrale, mais dont on ne prend pas conscience immédiatement. Tout autour, les marais. Des terres mises en culture, d'autres réhabilitées en zones humides sur le trajet des migrateurs et classées en réserve – de chasse ou ornithologique[2]. À cause de cette vue dégagée devant soi, de l'étendue des installations, de la largeur du fleuve, etc., à cause de cette impression d'espace, par un télescopage[3] bizarre, une sensation de silence. À cause aussi du poids. Du contraste. Entre ces espaces vides et la masse tangible[4], en milliers de tonnes, du béton. Un bruit bas à bas bruit, que n'importe quel autre bruit couvre sans peine, le vent dans les arbres, les rares véhicules en transit[5], jusqu'aux voix des pêcheurs au bord de l'étang, et qui se dissout très vite – quand on marche le long de la digue, on imagine que ça vient des stations de pompage, en fait non.

D'une centrale à l'autre, le nombre de tranches varie, mais le plan type est respecté : un donjon cylindrique couvert d'un dôme

---

1. **Porosité** : caractéristique de ce qui est perméable, de ce qui se laisse traverser.
2. **Réserve ornithologique** : réserve d'oiseaux.
3. **Télescopage** : rencontre, croisement.
4. **Tangible** : concrète, matérielle.
5. **En transit** : en déplacement.

avec en annexes les casemates[1] des bâtiments auxiliaires, le tout en béton brut. Et dans leur prolongement, une construction plus standard sur charpente métallique, couverte d'un bardage[2] peint dans des couleurs claires, blanc, gris, crème. Ce schéma-là peut être dupliqué[3] autant de fois qu'on veut. En enfilade[4], le bâtiment réacteur, les bâtiments auxiliaires, et sous le bardage double peau avec isolant phonique[5], le hall de la salle des machines de la taille d'un hall de gare – et le bruit assourdissant du turboalternateur quand on y entre. L'ensemble constitue une tranche. Au Blayais, il y en a quatre, disposées en parallèle, perpendiculairement à la digue, avec à l'avant les stations de pompage et à l'arrière les départs des lignes à haute tension. Quatre dômes, quatre unités de production, c'est inscrit à l'entrée sur le panneau de bienvenue, « EDF, centre de production nucléaire du Blayais, 4 tranches de 900 mégawatts[6] ».

Impénétrable, indestructible. Et ce que l'hermétisme[7] du dehors traduit du dedans. Elle séduit. Disons qu'elle peut séduire. Par ce qui est à l'œuvre au cœur du réacteur dans l'assemblage minutieux des pastilles d'uranium, la fission nucléaire[8], si simple dans son principe. Par ce qu'elle dit surtout de la maîtrise acquise par l'homme des lois de la matière et de la manière d'en libérer l'énergie. Une énergie colossale, contenue, tout est là, dans un confinement qui ne demande qu'à être rompu pour donner toute sa mesure. En salle de contrôle, un agent appuie sur le frein. Plusieurs freins à disposition. Plusieurs variantes d'un seul principe, l'absorption des neutrons.

---

1. **Casemates** : abris fortifiés, en béton armé, souvent souterrains.
2. **Bardage** : revêtement protecteur.
3. **Dupliqué** : reproduit.
4. **En enfilade** : à la suite, en rangée.
5. **Isolant phonique** : matériau qui isole du bruit.
6. **Mégawatts** : unité de mesure de la puissance d'un courant électrique.
7. **Hermétisme** : caractère de ce qui est impénétrable.
8. **Fission nucléaire** : fission du noyau d'uranium, sous l'impact d'un neutron, qui génère une réaction en chaîne, à l'origine de la création d'énergie nucléaire.

15

Ce qui est à l'œuvre au cœur du réacteur, c'est l'illustration par l'exemple de la fameuse équation d'Einstein[1], $E = mc^2$, qui met face à face, dans un rapport constant, l'énergie et la masse[2], deux choses qu'il n'allait pas de soi de rapprocher, l'une établie comme proportionnelle à l'autre, tant il est vrai que rien ne disparaît mais se transforme[3]. Un neutron libre percute un atome. Plus précisément, un atome lourd, uranium ou plutonium, capte au sein de son noyau un neutron libre. Le noyau devient instable, se scinde[4] en deux, et libère deux ou trois neutrons. Parce qu'il perd en masse, sa fission dégage de l'énergie. À l'échelle de l'atome, c'est une énergie considérable. À notre échelle à nous, elle ne le devient que par le principe même de la fission nucléaire qui veut qu'une fois amorcée la réaction se propage à des milliards d'atomes en quelques fractions de seconde. La sensation de l'homme qui comprend ça, qui sait être le premier dans l'histoire des hommes à le comprendre ? La sensation de cet homme, en l'occurrence une

1. **Albert Einstein** (1879-1955) : physicien considéré comme l'un des plus grands scientifiques de l'Histoire, couronné par le prix Nobel de physique en 1921.
2. D'après la formule d'Einstein, une masse au repos dispose d'une énergie que l'on peut calculer en faisant le produit de la masse par le carré de la vitesse de la lumière.
3. Allusion probable à Antoine de Lavoisier (1743-1794), chimiste français auquel on a attribué la maxime suivante : « Rien ne se perd, rien ne se crée, tout se transforme ».
4. **Se scinde** : se coupe.

femme, Lise Meitner[1], réfugiée en Suède en 1940, à l'instant où l'idée jaillit qu'elle sait être la bonne, d'une portée inimaginable, sans commune mesure avec ce qui a été mis au jour jusqu'ici ? En salle de contrôle, un agent appuie sur le frein. Deux, puis quatre, puis huit neutrons libérés, et la réaction s'emballe. L'idée, n'en laisser libre qu'un seul et absorber les autres. Le nucléaire civil, c'est ça. Le ronronnement d'une chaudière. Un neutron, une fission. Une fission, un neutron. Au milieu le modérateur[2], graphite, eau légère ou eau lourde – dans les années quatre-vingt, les Russes privilégient le graphite. Et les barres de contrôle – bore, cadmium. Tous absorbeurs de neutrons[3]. Les barres sont mobiles. En position basse, elles plongent au cœur des assemblages de combustible dont la réactivité diminue jusqu'à l'arrêt complet. En position haute, le réacteur tourne à plein régime. Entre les deux extrêmes, les agents de conduite ajustent la puissance aux besoins d'approvisionnement du réseau électrique.

Deux mécanismes garde-fous existent. Le premier interdit la remontée de la totalité des barres de contrôle pour prévenir un emballement du système. Le second déclenche automatiquement leur chute en cas de situation anormale – de température ou de pression, par exemple.

Le 25 avril 1986, à la centrale nucléaire Lénine sur les rives de la rivière Pripyat en Ukraine, quinze kilomètres au nord-ouest de Tchernobyl, deux cent onze barres de contrôle sont à la disposition des opérateurs, techniciens, contremaîtres et ingénieur en chef qui pilotent l'arrêt de la tranche numéro quatre. C'est un arrêt ordinaire

---

1. **Lise Meitner** (1878-1968) : physicienne autrichienne, naturalisée suédoise en 1940, renommée pour ses travaux sur la radioactivité et la physique nucléaire, plus particulièrement la découverte de la fission nucléaire.
2. **Modérateur** : élément, comme le carbone (graphite) ou l'hydrogène (eau), utilisé pour ralentir la vitesse des neutrons sans les absorber et permettre ainsi une réaction de fission nucléaire en chaîne efficace.
3. **Absorbeurs de neutrons** : éléments, comme le bore ou le cadmium, utilisés pour absorber les neutrons et permettre ainsi de contrôler la réaction de fission nucléaire en chaîne, voire de maintenir le réacteur à l'arrêt.

pour travaux de maintenance. Le réacteur est de type RBMK[1], une filière à eau bouillante modérée au graphite, développée par l'URSS et exploitée uniquement à l'est du rideau de fer[2]. Sur cette filière, le combustible peut être déchargé et rechargé tout au long de l'année. Tandis qu'en Occident, les mêmes opérations doivent être précédées d'une mise à l'arrêt complet du réacteur. Le déchargement du combustible usagé permet d'extraire certains produits de fission recyclables tel que le plutonium 239[3]. La supériorité de la technologie soviétique est donc de pouvoir satisfaire à la fois les besoins des civils en énergie électrique et ceux de son armée en plutonium de qualité militaire prélevé en quelques heures à la demande. Cet avantage a des inconvénients au plan de la sûreté. Les réacteurs RBMK sont réputés instables à faible puissance. Et en cas d'accident, l'absence de cuve autour du combustible et d'enceinte hermétique autour du réacteur prive la population d'un espoir de confinement des matières radioactives.

La procédure d'arrêt de tranche est enclenchée le vendredi 25 avril au matin. Cette réduction programmée, par paliers, de la puissance du réacteur avant son arrêt complet, sera mise à profit pour faire un essai d'îlotage[4]. L'objectif est de simuler une perte d'alimentation électrique. On vérifiera que l'inertie[5] de la turbine permet d'alimenter les systèmes de sauvegarde, jusqu'à ce que les diesels de secours prennent le relais. Le programme de l'essai a été rédigé à la va-vite, sans la rigueur nécessaire, signé et contresigné[6] de la même façon, et transmis par les voies hiérarchiques aux équipes chargées de le mettre en œuvre. Dans une conversation téléphonique

---

1. **RMBK** : type de réacteur nucléaire de forte puissance, à canaux, sans circuit secondaire.
2. **Rideau de fer** : frontière qui, durant la guerre froide (1947-1991), séparait l'Europe de l'Ouest et l'Europe de l'Est.
3. **Plutonium 239** : élément radioactif, produit dans le cœur du réacteur, utilisé dans la fabrication de certaines armes nucléaires.
4. **Îlotage** : opération au cours de laquelle le réacteur est coupé du réseau électrique.
5. **Inertie** : absence de mouvement, repos.
6. **Contresigné** : signé à nouveau par une deuxième personne, en garantie.

enregistrée la veille de l'accident, un opérateur s'adresse à l'un de ses collègues et s'étonne : « Ici, dans le programme, il est dit comment procéder, et ensuite je vois que d'importants passages ont été biffés[1], qu'est-ce que je dois faire ? » Silence. Réponse de son collègue : « Procède selon ce qui est supprimé. »

Après une matinée de baisse de charge progressive par insertion automatique des barres de contrôle, un premier palier est atteint à 13 heures. Au même moment, le répartiteur[2] de Kiev doit faire face à un besoin accru de courant sur le réseau local et demande au directeur de la centrale d'interrompre la baisse de charge. Sa demande est contraire à la procédure, mais elle est acceptée. Le réacteur va devoir fonctionner pendant plus de dix heures à mi-puissance. Ce régime anormal de fonctionnement libère dans les réacteurs de type RBMK une grande quantité de xénon, un gaz rare qui a la particularité de capter les neutrons et de faire chuter la réactivité. À 23 h 10, lorsque les agents de conduite reprennent la procédure, l'empoisonnement au xénon provoque un effondrement brutal de la puissance. À ce stade, l'essai d'îlotage devrait être abandonné car le réacteur ne libère plus l'énergie nécessaire. Mais le responsable décide de mener le test à son terme. Ordre est donné aux opérateurs de passer en commandes manuelles et de faire l'inverse de ce qui a été fait au cours des vingt dernières heures, à savoir relever les barres de contrôle afin de relancer la réaction en chaîne. Un dispositif de sécurité bloque la remontée des trente dernières barres. Ce dispositif est déconnecté, de même que les mécanismes automatiques d'alarme et d'arrêt d'urgence. De trente barres, on passe à vingt, puis douze, puis six. Le niveau de puissance remonte. Mais le réacteur est devenu très instable et les opérateurs doivent procéder à des réglages à intervalles répétés de quelques secondes. Un chef d'équipe réclame que soit stoppé le programme d'essai en cours, l'ingénieur en chef s'y refuse. À 1 h 22,

1. **Biffés** : barrés, rayés.
2. **Répartiteur** : personne chargée de réguler la fourniture d'électricité en fonction de la demande.

la poursuite de l'essai entraîne un nouvel effondrement de la puissance, les dernières barres de contrôle sont relevées. À 1 h 23, une première explosion suivie d'une seconde soulève les mille tonnes de la dalle de couverture. La dalle retombe à la verticale, mettant le réacteur à ciel ouvert. L'afflux d'oxygène enflamme le graphite. Du combustible, des composants du cœur et des éléments de structure sont projetés sur les bâtiments adjacents[1], et un nuage de fumée et de vapeur d'eau chargées de radionucléides[2] s'élève jusqu'à huit kilomètres dans l'atmosphère. Rapidement, les composants les plus légers, y compris des produits de fission[3] et pratiquement tout l'inventaire des gaz rares, sont soufflés par les vents dominants en direction du nord-ouest. En cette fin d'avril 1986, l'anticyclone[4] s'est installé sur l'Europe. Il a fait beau et chaud ces derniers jours, et dans la ville nouvelle de Pripyat à trois kilomètres de la centrale, des hommes et des femmes dorment la fenêtre ouverte, réveillés par les explosions, certains s'apprêtent à se lever mais se ravisent[5], très vite le silence retombe, il est 1 h 25.

---

1. **Adjacents**: proches, voisins.
2. **Radionucléides**: éléments chimiques possédant une radioactivité naturelle ou artificielle.
3. **Produits de fission**: résidus de la réaction de fission nucléaire (voir note 8, p. 95), très fortement radioactifs.
4. **Anticyclone**: phénomène météorologique de hautes pressions atmosphériques qui empêchent la formation de nuages.
5. **Se ravisent**: changent d'avis.

16

Il écrit l'équation bilan. Il l'écrit de trois quarts face au tableau dans la position des épaules et des jambes, tout en gardant un œil sur nous. Comme pour s'assurer qu'on lui emboîte le pas. Ou peut-être moins pour s'en assurer que pour nous convaincre qu'on peut le faire, se rassembler et marcher derrière lui, qu'il n'y a pas de si grand mystère ici qui nous soit impénétrable. La fission induite de l'uranium 235 produit deux radionucléides de masse atomique moyenne. Ici du strontium 94 et du xénon 140. Mais des dizaines de produits de fission issus de l'uranium 235 existent, chacun ayant une probabilité plus ou moins élevée d'être émis. Parmi les plus probables, il y a les isotopes[1] radioactifs de gaz rares, krypton ou xénon, et des aérosols[2] tels que l'iode, le césium et le strontium qui en cas d'accident peuvent être transportés dans l'atmosphère sur de longues distances, se combiner chimiquement, et entrer dans la chaîne alimentaire. Le césium, dont le métabolisme[3] se calque sur celui du potassium, se retrouve dans les nerfs et les muscles. Le strontium et le radium se comportent comme le calcium et se concentrent dans les os. Quant à l'iode, quelle que soit la voie de contamination, par ingestion ou inhalation, elle migre rapidement

1. **Isotopes** : différents types d'atomes d'un même élément, différant par leur nombre de neutrons.
2. **Aérosols** : suspensions, dans un milieu gazeux, de particules solides ou liquides.
3. **Métabolisme** : ensemble des transformations chimiques dans les cellules de l'organisme.

vers la thyroïde[1]. Une mesure de protection consiste à administrer dans un délai rapide de l'iode stable par voie orale – tablettes de comprimés d'iodure de potassium – qui sature la glande thyroïdienne et empêche la fixation de l'iode radioactif.

La salle de cours est éclairée par de larges fenêtres et les tables de travail disposées sur trois rangées. Il est là, devant nous. En pantalon de toile, chaussures de ville et polo rouge à bandes noires aux couleurs du Stade toulousain[2]. Avec sa carrure de première ligne[3] et son débit rapide, comment quatorze gars l'observent dans ses gestes et se font leur film, intéressés d'abord par le personnage, le reste suivra – l'intérêt pour ce qu'il raconte –, j'imagine qu'il le sait. Il est arrivé à l'heure, il a posé en bout de table des documents qui nous seront distribués, il s'est présenté, il n'a pas demandé à chacun d'entre nous de le faire, il connaît le profil du candidat à l'emploi nucléaire, et aussi ce qu'exige de lui la réglementation EDF quant à la formation initiale ou continue à nous transmettre, il regarde plus loin, quels sont les phénomènes en amont, voilà ce qu'il voudrait nous faire entrevoir, pour que des normes et procédures on prenne toute la mesure.

Le centre de formation est situé au deuxième étage d'un bâtiment dans le style des années soixante-dix qui abrite les services administratifs. Les fenêtres s'ouvrent à l'ouest, du côté de la réserve ornithologique, sans autre vis-à-vis que la tour d'observation. Les visiteurs se garent à ses pieds, grimpent et repartent, une sorte de donjon en bois construit à un jet de pierre seulement du grillage d'enceinte, et rien dans leur attitude ne laisse supposer qu'ils s'intéressent à cette enclave[4] dans le paysage que constitue la centrale, de même qu'ils savent faire abstraction derrière les chants d'oiseaux

1. **Thyroïde** : glande située à la face antérieure du cou, qui produit des hormones.
2. **Stade toulousain** : club de rugby de Toulouse.
3. **Première ligne** : au rugby, poste occupé par les joueurs les plus lourds chargés de pousser durant la mêlée.
4. **Enclave** : territoire placé à l'intérieur d'un autre territoire.

du bruit permanent mais très assourdi – et de fait difficilement identifiable – des turboalternateurs. Quant à nous, assis à notre table, tandis que de l'autre côté du grillage des gens vont et viennent et dressent un rempart entre eux et nous pour de pas gâcher le panorama, on peut avoir par moments la sensation d'une vie hors les murs qui n'est plus tout à fait la nôtre, d'un monde extérieur qui va son cours, auquel, en sortant d'ici après x années[1] de carrière, on n'est pas sûrs de pouvoir encore s'adapter. À moins d'entrer dans le nucléaire comme on entre en religion. D'être touché par sa grâce. Dans les années soixante-dix, les ingénieurs du programme électronucléaire français ont eu cette ambition, équiper le pays de deux cents réacteurs – par la suite le chiffre a été revu à la baisse. Des physiciens, des géologues ont sillonné[2] la France.

Il est là, devant nous, comme ceux qui l'ont précédé, quelque chose l'anime, davantage qu'une conviction, un enthousiasme communicatif, il s'adresse au curieux qui est en chacun de nous, capable de partager cet élan. Le fait est que ça fonctionne. Chacun s'accroche. Certains avec plus de facilités que d'autres, mais globalement quelque chose passe de lui vers nous, quelque chose circule dans la salle qu'il nous transmet de sa passion et de l'illusion d'être tous faits sur le même modèle d'un homme avide[3] de comprendre, jouissant des progrès de la technologie et de la suprématie[4] qu'elle lui donne sur la nature.

À la pause de dix heures trente, devant la machine à café, quelqu'un lui pose la question. À propos de la piscine – de la couleur de l'eau dans la piscine. Un bleu intense, quasi surnaturel, qui pourtant ne doit rien à la science et n'emprunte rien à la fiction, le bleu du ciel au-dessus des casbahs[5], illuminé, transfiguré

1. **Après x années**: après un nombre d'années indéterminé.
2. **Sillonné**: traversé, parcouru.
3. **Avide**: désireux.
4. **Suprématie**: supériorité.
5. **Casbahs**: citadelles et quartiers anciens entourant des villes arabes.

de l'intérieur, un bleu d'artiste inventé puis breveté sous sa formule chimique, mais dans une transparence et un rayonnement que seule la nature dans ce qu'elle a de plus intime est capable de rendre sensible à nos yeux, et pour cause, certaines particules dans l'eau battent en vitesse le record de la lumière. Avant de décharger et recharger les assemblages d'uranium, on remplit la piscine d'une solution d'eau borée[1], une barrière de bonne qualité et peu coûteuse contre les radiations. Est-ce que le bore provoque une coloration de l'eau ? Non. De même, les parois en béton du bassin sont tapissées d'un revêtement étanche, mais ce revêtement est fait de plaques d'acier inoxydable, ce qui pourrait à la rigueur, dans la lumière des projecteurs sous-marins se traduire par une teinte gris métallisé.

Alors bleu ? Pourquoi un bleu d'autant plus intense que le taux de radioactivité autour de la cuve est élevé ? À l'intérieur, la réaction de fission est stoppée. Le cœur s'est refroidi. Mais des radionucléides continuent à se désintégrer et à émettre des rayonnements. Entre autres des particules chargées de très haute énergie qui traversent les parois de la cuve et interagissent avec l'eau de la piscine à une vitesse supérieure à la vitesse de la lumière dans l'eau – tout de même inférieure à la vitesse de la lumière dans le vide. Il se produit sur le trajet de ces particules un phénomène lumineux équivalent au phénomène sonore qui accompagne le franchissement du mur du son. La perturbation crée une onde de choc. Dans l'air, c'est le bang caractéristique des engins supersoniques[2]. Dans l'eau, un flash de lumière dans les fréquences du bleu et de l'ultraviolet. À la pause de dix heures trente, quelqu'un lui pose la question – un gars comme nous, qui a déjà travaillé sous le dôme du bâtiment réacteur et s'étonne. Il donne à la question la seule réponse possible, sans rien céder sur l'essentiel, cette couleur, ces flashs de

1. **Eau borée** : eau contenant du bore (voir note 3, p. 98).
2. **Supersoniques** : dont la vitesse est supérieure à celle du son.

lumière que l'on retrouve produits par des particules cosmiques dans l'humeur vitreuse[1] des astronautes, c'est l'effet Tcherenkov[2]. Bleu. La vraie couleur du nucléaire. Qui n'est donc ni le jaune des sources radioactives, ni le rouge étudié par les instances internationales pour remplacer ce jaune.

---

1. **Humeur vitreuse**: masse visqueuse transparente qui se situe dans l'œil, entre le cristallin et la rétine.
2. **Pavel Tcherenkov** (1904-1990): physicien russe, couronné par le prix Nobel de physique en 1958 pour la découverte et l'interprétation du phénomène lumineux qui porte son nom.

17

Il se tient debout au bord de la piscine, vide. Il se tient debout en combinaison étanche, heaume ventilé et masque à gaz sous le heaume, incapable de franchir le pas qui lui permettrait d'agripper la rampe, de pivoter, puis de poser son bottillon droit en caoutchouc blanc et semelle crantée sur le premier barreau de l'échelle, en prenant bien garde de ne pas s'enrouler ou entortiller le cordon d'alimentation, une fausse manœuvre qui couperait net l'arrivée d'air au plus mauvais moment, une fois atteint le fond de la piscine ; pour l'instant, en cas d'urgence ou sur un coup de tête, il peut encore agir, arracher le heaume et le masque et respirer librement, mais quinze mètres plus bas, ce qu'un homme sans tenue complète de protection est surtout libre de respirer, ce sont les gaz et aérosols radioactifs libérés par les parois, tritium, cobalt, césium, etc. Il entend la voix derrière lui, à travers le heaume, qui lui donne l'ordre pour la deuxième fois de descendre. Il ne réagit pas. Il se tient debout, tétanisé, sans rumination[1], sans conflit intérieur. Devant lui, la piscine. Le trou béant d'un sarcophage en béton, vide. Sous le matériel de manutention peint en jaune, pont roulant, treuils et mâts de levage[2], non plus la surface troublante et lisse de l'eau animée par une lumière intérieure, non plus cette eau qui vous tend les bras, dont le charme par la seule magie de sa couleur repousse les hésitations et les craintes, mais une fosse vide et grise dans son cuvelage[3]

1. **Sans rumination** : sans ressasser ses pensées.
2. **Treuils et mâts de levage** : appareils de levage et de chargement.
3. **Cuvelage** : revêtement qui permet de renforcer les parois d'une cuve.

d'étanchéité. Il ne peut pas descendre. Il sait qu'il ne pourra pas le faire. Il ne le sait pas à la manière d'un bipède[1] doué de parole et raisonnable, mais d'instinct. C'est un engagement massif de tout le corps contre la volonté, si tant est que la volonté, depuis qu'il est entré ici, ait eu son mot à dire. La voix est celle, identifiée, du chef d'équipe qui en appelle à la raison. Les gars de la première vague ont eu leur dose. Maintenant c'est à eux de jouer, lui Bernard et ses collègues qui attendent le début de l'intervention habillés comme lui en tenue Mururoa, tant qu'à faire, quitte à devoir y aller, qui voudraient en être déjà débarrassés, et s'impatientent. Un homme le double, suivi d'un deuxième, etc., lentement, avec précautions, ils commencent à descendre.

Certains avouent qu'ils ne s'attendaient pas à cette réaction de sa part. De ce qu'ils en ont vu à l'entraînement, un gars solide. Du genre qui ne lâche pas prise facilement, dans l'endurance du corps et de la tête. Donc aucune raison de se méfier, ou alors il faudrait se méfier de tout le monde. D'autres diront qu'ils n'ont pas été surpris. Qu'ils l'ont su avant même qu'il ait franchi le dernier portique de contrôle. Sur le parcours qui mène au réacteur, deux vestiaires. Dans le premier, on laisse nos vêtements. Dans le second, on enfile la tenue. Entre les deux, un sas. Symboliquement et pratiquement, il marque le passage en zone contrôlée. Dans le sas, pour ceux qui n'avaient pas compris avant, ça devient plus clair. Dans le sas, il se passe quelque chose – dans un autre contexte, on aurait dit, la magie opère –, là plutôt, la tension monte d'un cran. C'est la première fois, et déjà on se jure à soi-même, la dernière. Beaucoup doivent en passer par là, par la décision prise à chaud de ne jamais avoir à renouveler l'expérience, s'ils veulent pouvoir aller de l'avant et franchir l'obstacle.

Dès le vestiaire froid, ils le savaient, quand ils l'ont vu arriver, se déshabiller et plier ses affaires, faire la queue pour échanger la clef du casier contre un dosimètre, franchir le sas avec son dosimètre

---

1. **Bipède**: qui marche sur deux pieds.

à la main, attendre son tour sans prononcer un mot dans la pièce adjacente dite vestiaire chaud, enfiler la tenue qu'on lui tendait, certains se souviennent avoir voulu entrer en contact avec lui, le temps d'une consigne ou d'une aide – on s'entraide pour ajuster les gants et le heaume –, sans succès. Dans le regard, il était déjà parti. Ça ne pouvait pas s'arranger par la suite. Un bâtiment réacteur, c'est impressionnant. Quand on entre pour la première fois sous le dôme immense, dans la lumière artificielle et l'air conditionné en permanence, on ignore d'où vient le danger, on observe les intervenants en combinaison blanche, l'eau bleue de la piscine et le pont roulant jaune vif qui glisse et s'immobilise à l'aplomb de la cuve en acier inoxydable, on se dit que c'est là que tout se passe, or justement il ne se passe rien, des hommes marchent sur le pont roulant et se penchent.

Il se tient au bord de la piscine, vide. Il regarde les hommes en bas. À genoux, avec brosse et serpillière, ils nettoient la dalle, des hommes en combinaison blanche comme lui et heaume ventilé chargés de résorber[1] la contamination ; après être descendus, ils se sont mis au travail, quelques mètres carrés chacun, dans le décompte des surfaces comme dans le calcul des doses, cette dose collective théorique à répartir entre les intervenants, il suffit que l'un d'entre eux manque à l'appel, soit une unité au dénominateur, et le compte n'y est plus. Une main l'a saisi par le bras et le tire à l'écart. De là, il est pris en charge. Direction la sortie. Dehors, c'est le milieu de l'après-midi, et pour le gardien derrière sa vitre, l'heure creuse.

Quand il rentre le soir – tard – au camping, on est tous au courant. La rumeur le précède, fiable, d'après nos sources et comment les témoignages se recoupent. Pour lui l'aventure dans le nucléaire s'arrête là. Il ne dit rien. Il va s'allonger dans la chambre, sa musique sur les oreilles. Dur de résister à l'envie qu'on a d'en savoir davantage et de première main, mais on n'engagera pas aujourd'hui un dialogue dont on a pu se passer trois soirs de suite. Donc on en

1. **Résorber** : faire disparaître, supprimer.

reste là, nous sur notre faim[1], lui dans ses pensées, mais jusque dans ses retranchements placé au centre de nos préoccupations, ça ne durera pas, c'est l'histoire de quelques heures, au pire d'un jour ou deux, le temps que l'actualité toujours riche d'un arrêt de tranche reprenne ses droits. Le surlendemain quand il fait ses bagages, j'ai quand même un regret. On est seuls. Il faudrait une phrase, la bonne au bon moment. Je me contente de le suivre dehors sous l'appentis[2] où est garée la moto, et de le regarder faire. À la fin, juste un papier avec mon adresse à Lorient, au cas où.

Pendant les quelques jours d'exercice sur le chantier école, les gars apprennent à se connaître, et la perspective d'entrer en zone contrôlée soude les rangs. Une sorte de complicité s'installe, certains diraient une solidarité, mais de gestes solidaires pour l'instant il n'est pas question, on verra plus tard de quoi chacun est capable. Reste que l'on se juge et que l'on se jauge[3] aussi là-dessus, ceux qui savent devoir bientôt travailler ensemble, sur ce qu'on imagine être la capacité de l'autre à tenir le cap en cas de coup dur, celui qui parle fort, ou celui qu'on n'entend jamais, chacun se fait sa propre opinion, jusqu'au jour de la mise à l'épreuve, pour la surprise, bonne ou mauvaise, on est rarement déçu. Vous intervenez demain. Vous connaissez les gestes. Des gestes simples que vous refaites mentalement, on vous l'a dit, la difficulté n'est pas dans le geste. Certains ne réalisent pas encore et fanfaronnent[4], les autres sont comme vous, sérieux, profil bas. Des bleus[5] en tenue blanche de spationaute.

On intervient sur le circuit primaire. Chacun sait à quoi s'en tenir. Et pour ceux qui auraient tendance à l'oublier, à perdre de vue l'essentiel, une piqûre de rappel aussi souvent que nécessaire, pour bien ancrer les réflexes, au premier rang desquels la vitesse

---

1. **Sur notre faim** : ici, déçus de ne pas en savoir davantage.
2. **Appentis** : sorte de toit en auvent.
3. **Se jauge** : s'évalue, se mesure les uns aux autres.
4. **Fanfaronnent** : se vantent, affirment leur courage.
5. **Bleus** : jeunes recrues, débutants.

d'exécution, en rappel, comme un leitmotiv[1], pour ceux que ça amuserait finalement le peaufinage[2] des gestes, la course au chrono, type préparation sportive : vous entrez en zone contrôlée. J'ai le panneau sous les yeux. Avant même d'avoir enfilé la tenue, j'ai déjà chaud. Je le savais. Je savais tout ça. Mais le tenir des autres – ce qui s'écrit, ce qu'on en voit, ce qu'ils en disent –, ce n'est pas en faire l'expérience. On se déshabille. On se met en slip. L'expérience commence là. Debout en slip devant les gars de la radioprotection, des gars comme nous, là on comprend, en slip comme un petit garçon à la visite médicale, avec les mains qui embarrassent et le bronzage maillot, et eux en face, tous prestataires, qui ne valent pas mieux ou plus cher que nous. Vous entrez en zone contrôlée. Deux vestiaires. À Civaux comme ailleurs. À Civaux pour Loïc, ça s'est mal passé. On a les mêmes horaires mais on ne fait pas équipe ensemble. En fin de première semaine, branle-bas de combat[3], ils sont prêts à mettre en eau la piscine, ils attendent après nous – nous les gars des générateurs. Quatre générateurs de vapeur sont raccordés au réacteur via le circuit primaire, sur chaque générateur les équipes se relaient en trois-huit, trois hommes par équipe, c'est la règle. Notre mission, la pose des plaques d'étanchéité. Une ligne dans le programme d'un arrêt de tranche, mais au moindre souci, c'est tout le chantier qui s'arrête, et on connaît le coût pour l'exploitant ne serait-ce que d'une demi-journée de retard. Chez Loïc, générateur 2, par décision du chef d'équipe, il entre en premier. À l'intérieur des boîtes à eau, le débit de dose est élevé, on nous a préparé le terrain, on nous a mis du plomb[4], mais ça crache quand même[5]. Il prend

1. **Leitmotiv** : phrase qui revient à plusieurs reprises, refrain.
2. **Peaufinage** : travail très minutieux, très soigné.
3. **Branle-bas de combat** : expression employée sur les navires de guerre pour préparer le bateau et l'équipage en vue d'un combat (sens propre) ; ici, grande agitation (sens figuré).
4. **On nous a mis du plomb** : on nous a aménagé la zone d'intervention en posant des feuilles de plomb, qui atténuent partiellement les rayonnements radioactifs, devant les sources de rayonnements les plus agressives.
5. **Ça crache quand même** : les boîtes à eau renvoient des rayonnements radioactifs malgré les écrans de plomb.

la plaque. Une vis, deux vis, ça rentre. À la troisième, ça bloque. La quatrième, pareil. Il sort. Il est en nage sous le heaume. Il dit, ça ne rentre pas, j'ai eu mon compte, vous finissez sans moi. Et il les plante là. De mémoire de chef d'équipe, un gars qui quitte le navire au beau milieu de son intervention, on ne voit pas ça souvent. Ses collègues, en colère, à la limite, je les comprends. Ils étaient trois à devoir y aller. Trois pour une dose collective à répartir à peu près équitablement, si l'un d'entre eux fait faux bond, ça change tout, deux au lieu de trois, c'est plus pareil.

À l'heure du changement d'équipe, l'information se propage au hasard des échanges, à chaque étape de ce long cheminement vers la sortie – sas, vestiaires, portiques de contrôle –, qui certains jours, avec le cheminement inverse qui va du parking à la zone d'intervention, est bien la moitié de votre temps de travail. À l'heure du changement d'équipe et pas avant. Avant on est à l'isolement au fond du bunker[1], le monde pourrait s'écrouler, on ne s'en rendrait pas compte, lui ravagé, et nous à l'abri, ironie de l'histoire, derrière l'enceinte de confinement qui devait le protéger. L'information circule que je reçois d'abord comme telle, comme une information. Et puis brutalement, comme une rumeur dont je suis en droit de me méfier. Les faits. Et seulement dans un second temps, sur le personnage principal, un nom. Les faits, dès le sas de sortie du bâtiment réacteur, mais son nom à lui, seulement à la sortie du vestiaire chaud, dans la file d'attente. Pour tous ceux qui n'ont pas de visage à mettre dessus, qu'il sorte ainsi de l'anonymat ne change rien, ils en parlent, on parle de ça partout, dans les vestiaires, à l'entrée du parking, jusque dans les rangs de la cantine, je sais ce qu'ils ont à dire mais je ne veux pas l'entendre, parce que ce que j'ai à en dire moi c'est autre chose, vu que ce gars-là je le connais bien. Sur le chemin de la gare, jusqu'au dernier moment, j'attends qu'il réagisse, en vain. On en restera là. Fin de mission à Civaux. Pour lui direction Saint-Laurent, les tours réfrigérantes.

---

1. **Bunker** : ici, abri en béton armé.

18

Lieu-dit La Rive. D'abord des maisons adossées à la falaise et comme écrasées par son poids, et à l'avant les deux bassins du port, bassin à flot et bassin d'échouage, le premier fermé par une écluse, l'avant-port ouvert sur le chenal[1] et subissant comme lui l'épreuve de l'envasement[2] progressif et de l'échouage des coques et des pontons à marée basse, soit deux cents places de mouillage bon marché pour ceux qui n'ont pas les moyens de stationner à Royan, et au bout du chenal, derrière une haie de roseaux, l'estuaire. De là jusqu'à la mer, en kilomètres, une trentaine. Mais sur les eaux de la Gironde, vent debout, combien d'heures ? Et au retour, à devoir remonter à contre-courant ? Oubliée la sortie du dimanche. Sauf pour les maraudeurs[3] à fond plat et les pêches-promenades qui arpentent l'estuaire sans jamais dépasser Cordouan, pour tous les autres, descendre la Gironde n'est qu'une étape, la première, en début de saison, comme pour s'échauffer ou se vider la tête, qui permet de rejoindre la côte, un rite de passage, des eaux saumâtres[4] à l'eau claire et froide de l'Atlantique, et au retour, quelques semaines ou quelques mois plus tard pour l'hivernage, Mortagne-sur-Gironde, plantée là-haut sur la falaise depuis des siècles, et à ses pieds, lieu-dit La Rive, le port, les silos[5], et le chantier naval.

---

1. **Chenal** : ici, passage creusé dans la vase.
2. **Envasement** : envahissement de l'eau par la vase.
3. **Maraudeurs** : sortes de voiliers.
4. **Saumâtres** : ici, boueuses.
5. **Silos** : réservoirs dans lesquels les produits agricoles sont entreposés.

Il paraît que la Dordogne et la Garonne ne se rejoignent pas au bec d'Ambès. Que jusqu'à l'embouchure, la Dordogne coule au nord – le long de la rive nord de l'estuaire – et la Garonne rive sud, séparées par des hauts-fonds[1]. Pourtant, à l'œil nu les eaux se confondent, également boueuses partout. Douze mois sur douze, c'est une soupe café au lait plus ou moins consistante, travaillée par la lumière et les courants, que l'on a presque envie de consommer, par contre s'y baigner, ça paraît difficile, presque contre nature, à cause précisément de ce quelque chose qu'a l'eau dans son aspect et le traitement qu'en fait le cerveau d'une denrée comestible, on a du mal à s'immerger dedans, on a même du mal à s'embarquer dessus.

J'ai garé la voiture sur le port et je suis descendu jusqu'à la Gironde par le chemin de halage, à peine trois kilomètres l'aller et retour. Ce matin il pleuvait sur la Côte Sauvage, la plage et la mer étaient balayées par les vents d'ouest. Le temps de déjeuner à Royan et de remonter en direction du Blayais via Saint-Georges-de-Didonne et Talmont par la route touristique, quand j'arrive à Mortagne, la perturbation est passée. Le village est construit sur une avancée du plateau. Autrefois les vagues sapaient[2] la falaise à sa base. Aujourd'hui les prairies humides contrastent avec les eaux argentées au loin, et encore plus loin les terres sombres du Médoc, et le paysage baigne dans cette lumière particulière de l'estuaire qui n'a pas d'équivalent ailleurs. Taillée dans le calcaire, en deux épingles à cheveux[3], la rue principale relie la ville haute à la ville basse. On se gare en épi le long des quais. Le port à sec est à deux cents mètres, une vaste zone de stockage à terre des bateaux. Ils reposent là, soutenus par des bers[4] en acier galvanisé ou calés sur leurs béquilles, comme de grands cétacés[5], et des gars prennent

1. **Hauts-fonds** : élévations du fond de la mer ou d'un cours d'eau.
2. **Sapaient** : attaquaient, dégradaient.
3. **En deux épingles à cheveux** : en deux virages très serrés.
4. **Bers** : structures en bois ou en métal qui supportent les bateaux quand on les met au sec (pour la construction ou l'hivernage par exemple).
5. **Cétacés** : mammifères marins, comme les baleines.

soin d'eux, se préoccupent de leur longévité, et souvent tournent autour et les admirent sous toutes les coutures ou les flattent pour apprécier sous la main la qualité du travail, des gars du chantier qui sont payés pour ça, ou d'autres qui viennent en amateurs et louent un emplacement avec la garantie d'avoir du matériel à disposition et toujours quelqu'un dans les parages pour vous donner un coup de main ou y mettre son grain de sel sur la meilleure façon de faire. Certains travaillent sept jours sur sept pendant deux ou trois ans, mettent leur bateau à l'eau, et on ne les revoit plus. D'autres n'arriveront jamais au bout de leur entreprise, ce qu'ils aiment c'est l'ambiance ici, et l'idée d'avoir un rêve devant eux. Manutention, carénage[1], travaux d'entretien, la liste est longue des services affichés à l'entrée. Deux postes sont à pourvoir pour un convoyage[2]. Je n'ai pas le profil du chef de bord, davantage celui de l'équipier – compétences souhaitées en mécanique et électronique. Le voilier mesure treize mètres, stationne à Saint-Cyprien en Méditerranée, et doit être convoyé jusqu'à Kiel en mer Baltique. Pour quitter la Méditerranée, il y a deux écoles, le contournement de l'Espagne ou le canal du Midi – à partir de Langon, fini les écluses, la Garonne devient navigable, on l'accompagne dans sa traversée de Bordeaux, jusqu'aux retrouvailles du bec d'Ambès.

Des eaux boueuses de la Gironde comme du Gange, rive nord ou rive sud, Dordogne ou Garonne, peu importe, on ne les distingue pas l'une de l'autre, ou alors seulement dans des courants différents et croisés par endroits, une sorte de clapot[3] têtu et bruyant pour qui peine avec son moteur hors-bord quand le vent et la marée jouent contre lui. Elles courent côte à côte, mieux que mêlées, et font lit commun, avec entre elles un chapelet d'îles, en âmes intègres, et puis plus rien, plus rien de visible en surface, mais toujours côte à côte, au coude à coude, et ces courants croisés, et cette largeur

1. **Carénage** : nettoyage, remise en état, de la partie immergée de la coque d'un bateau.
2. **Convoyage** : fait de déplacer un bateau d'un lieu à un autre.
3. **Clapot** : succession de vagues courtes et irrégulières.

impressionnante devant Mortagne qui redonne toute sa force au mot fleuve plus faible ici qu'ailleurs, de l'autre côté de l'Atlantique, deux de nos fleuves qui n'en feraient qu'un chez eux, et aux heures les plus froides, dans les chroniques, la traversée à pied sec, et la débâcle[1], comme là-bas.

On peut se tenir devant la mer. On peut marcher le long de la mer, se laver de tout ça, le stress, les radiations. Non. On pourra marcher autant qu'on veut, respirer à pleins poumons, ça ne se nettoie pas. On peut quand même se tenir devant la mer et décider d'en rester là, de ne plus rien encaisser. Devant les eaux de l'estuaire, l'impression n'est pas la même. Devant cette couleur étrange, et les vasières[2], et les aigrettes[3] blanches dans leur avancée prudente sur la crête des vasières, on est dans la gravité, dans ce qui englue et enlise. À Saint-Laurent, il a touché le fond. Il m'a dit, j'arrête. Tout le monde dit ça un jour ou l'autre. C'est une condition pour pouvoir continuer. Être capable de le dire et de s'y accrocher pendant quelques jours, le temps de passer le cap du coup de blues ou du coup de fatigue. Il avait pris dix ans. On s'est assis dehors. Dans un cas pareil, chacun fait de son mieux, celui qui arrive au bout du rouleau et celui qui écoute. On sait tous à quoi s'en tenir sur l'issue de la crise, on connaît les statistiques, quatre-vingt-dix-neuf fois sur cent le gars ne décroche pas, mais parfois le discours est tel, à cause de la colère ou d'un argument qui porte davantage, que chacun se surprend à y croire vraiment, et alors la désillusion est d'autant plus forte quand on réalise que non, décidément, ce cas-là ne fera pas exception à la règle.

On s'est assis côte à côte sur des pliants[4], devant la caravane de location. Il ne disait rien. Il avait résumé les faits en trois phrases avant de conclure, j'arrête, et depuis silence sur les ondes, et une

1. **Débâcle** : rupture de la couche de glace d'un cours d'eau gelé, dont les morceaux sont emportés par le courant.
2. **Vasières** : parties d'estuaire couvertes de vase.
3. **Aigrettes** : oiseaux.
4. **Pliants** : sièges pliants.

expression du visage qui n'encourageait personne. On est restés là, il fumait, j'échangeais avec ceux qui passaient de temps à autre et nous donnaient le bonsoir, la lumière déclinait au-dessus de la Loire, j'avais fini par m'habituer, par penser à autre chose et suivre mon propre fil, je n'étais pas pressé, j'avais prévu de passer la nuit ici, sur le trajet Civaux-Flamanville à peine un détour, c'est venu en temps et en heure, sans quitter sa position, sans même me regarder, il m'a dit, je rentre demain à Lorient, tu me rejoindras fin septembre, après Flamanville, on trouvera quelque chose, du boulot, ils embauchent aux autoroutes, un boulot propre. J'ai dit, non. Je l'ai dit en écrasant sa énième cigarette, calmement. C'est sorti malgré moi.

Le soir, sur la table de la caravane, parce qu'il avait besoin d'argent, j'ai racheté sa part dans la 306. Il a tenu à faire ça dans les règles, avec un document signé et un exemplaire pour moi. On a fini la soirée dans les histoires communes et les bons moments passés ensemble, comme si en trois ans et trois mois, c'était une demi-vie de travail qui défilait. Le lendemain, je devais me présenter à dix heures à la centrale pour les formalités d'entrée, départ sept heures, réveil à six heures trente, lui avait réservé une Clio chez Avis[1], le temps de mettre un peu d'ordre et de boucler ses bagages, on s'est quittés là-dessus, moi vite fait, on se revoit d'ici la fin de l'année à Lorient, et lui dans le silence. Aujourd'hui encore, je ne sais pas s'il avait quelque chose en tête à ce moment-là, un scénario, ou si c'est venu plus tard, je n'ose pas imaginer qu'il a vécu comme ça ce dernier moment, dans la brutalité de ce que ça voulait dire, l'odeur du café, mes paroles un peu creuses où l'on comprend que j'ai déjà la tête ailleurs, et la poignée de main. Lui avant que je parte, dans un sursaut, sur le coup je ne comprends pas pourquoi, s'assoit sur la couchette, le temps d'enfiler son t-shirt et son jean, deux gorgées de café et un coup de peigne, histoire d'être présentable, c'est comme ça qu'il le dit en blaguant, que je garde en tête

---

1. **Avis**: nom d'une société de location de véhicules.

de lui autre chose que sa tête des mauvaises nuits qui émerge du sac de couchage, jusqu'à la dernière image, il est debout, vivant, sur le marchepied de la caravane, il allume une cigarette, et de la main qui tient le briquet il fait un signe quand je démarre, ceux de l'équipe du matin s'en vont, ceux de l'équipe de nuit ne vont pas tarder, dans l'intervalle le jour se lève au-dessus de la Loire, il entend tout ça, le réveil des bords de Loire et le trafic plus loin sur le pont, et pourquoi rien de ce qu'il voit ou de ce qu'il entend ne le ramène de là où il est? Après il y a la colère pour ceux qui restent. Des gens que sa disparition met en colère, qui lui en veulent et se reconnaissent dans le vide qu'il a laissé, c'est déjà ça. Il roulait en direction de Ploërmel. Il avait quitté la voie express à Plélan. Il ne s'est pas rabattu après le dépassement d'une camionnette en sortie de village, il n'a pas réagi aux appels de phares. On a le témoignage des deux chauffeurs. Celui de la camionnette et celui du poids lourd qui arrivait en face.

Il y a de grandes plages au nord de Royan, après Saint-Palais et le phare de Terre-Nègre. Des kilomètres de plage. Et pour fixer les dunes et prévenir l'envahissement par le sable, la forêt de la Courbe plantée de pins et de chênes-lièges, avec au milieu l'enclave de La Palmyre et le zoo. Il faut aller marcher là-bas, disait Loïc, le long de la mer, se laver de toute cette saleté. Royan et Lorient, unies par le destin commun d'avoir été rasées puis reconstruites[1]. Et les vestiges du mur de l'Atlantique[2] d'un bout à l'autre. Il faut fermer les fenêtres. Il ne faut pas bouger. Je ne suis pas sûr que ça serve à quelque chose. Je ne suis pas sûr que ça nous protège de quoi que ce soit. Il n'y a que le plomb. Le plomb a cette propriété, et le béton des murs, mais il faut déjà atteindre une certaine épaisseur. Ici les murs n'arrêtent rien. À moins de s'enfermer dans

---

1. Les deux villes ont été en grande partie détruites pendant la Seconde Guerre mondiale.

2. Mur de l'Atlantique: nom donné aux fortifications érigées par l'Allemagne le long de la côte Atlantique lors de la Seconde Guerre mondiale.

un blockhaus[1]. Combien de centaines de blockhaus le long de la côte atlantique ? Construits avant l'ère atomique, on pourrait les reconvertir. Certains l'ont fait, qui avaient une casemate au fond de leur jardin et aucun moyen de la faire sauter sans faire sauter la falaise. Les murs n'arrêtent rien, pourtant les Suédois ont pris des mesures, les Finlandais aussi, ils ont donné des consignes, ne pas ouvrir les fenêtres, couper les systèmes de ventilation, limiter les déplacements. Dans les villages exposés, les rues sont désertes, et les parcs, les cours d'écoles, les bacs à sable et les balançoires dans les jardins, tandis que le vent souffle sur les plages, les enfants dans les crèches comme les pensionnaires derrière les vitres des maisons de retraite vivent en circuit fermé.

On peut ne pas y croire et rester cantonné malgré tout, au cas où. Ils sont sous le nuage. Que faire quand on est sous le nuage et que les systèmes de contrôle s'alarment ? Alors que tout est normal, qu'aucune défaillance n'a été signalée dans les installations du pays – ce que les Suédois ont cru au début, à un incident dans une de leurs centrales. Tout est normal, ça vient de l'est, du sud et de l'est, dans le sens normal des aiguilles d'une montre, les vents de l'hémisphère nord tournent ainsi dans les anticyclones, tout ce qui vient du nord-est descend vers le sud-ouest, et de la même façon remonte de l'Union soviétique vers les pays scandinaves. Au matin du 27 avril 1986[2], le vent souffle sur les plages de la mer Baltique. Un vent du sud après six mois d'hiver. L'espace immense du sable et de la mer est balayé, et des voiliers filent au large. Et des gens marchent pieds nus et les pieds rouges dans le sable glacé pendant des kilomètres, ceux qui cherchent l'ambre[3] au bord de l'eau comme après les tempêtes pour en faire le commerce mais là juste pour le plaisir, et ceux qui ne cherchent rien, qui profitent du calme, de

1. **Blockhaus** : ouvrage militaire défensif, en béton.
2. Il s'agit du lendemain de la catastrophe de Tchernobyl (voir note 1, p. 33).
3. **Ambre** : substance utilisée en bijouterie et en parfumerie, provenant des concrétions intestinales des cachalots.

la douceur de l'air et du ciel bleu, de tous les bienfaits de l'anticyclone qui a bien voulu quitter ses quartiers d'hiver et descendre de Sibérie vers les grandes plaines céréalières, en Ukraine comme ailleurs, partout l'envie d'exposer sa peau aux rayons du printemps est la plus forte, la peau nue et blanche, les landaus ouverts, sous le soleil du dernier dimanche d'avril, chacun admire le ciel et espère qu'il fera beau jeudi, au-dessus des cortèges du 1er mai[1].

1. **Cortèges du 1er mai** : défilés de manifestants lors de la fête du Travail.

Arrêt sur lecture 2

Pour comprendre l'essentiel

Échos et variations

1 Le roman semble être construit sur un certain nombre d'échos, soulignant le perpétuel recommencement de l'activité des techniciens intérimaires d'un site à l'autre. Mettez-le en évidence. Vous vous intéresserez ensuite au parallèle entre l'entretien du narrateur avec le médecin (chap. 2), et celui avec l'employée de l'agence d'intérim (chap. 12).

2 La deuxième partie du roman se déroule à la centrale du Blayais. Montrez que le changement de site est finalement l'occasion d'un nouveau départ pour le narrateur, en exposant notamment le débat suscité par la proposition de formation qui lui est faite.

3 Le cheminement du narrateur dans la deuxième partie du roman confère au texte une portée plus générale. Justifiez-le.

La centrale : entre fascination et répulsion

4 La centrale semble exercer un pouvoir de fascination sur les hommes. Analysez l'attitude du formateur (chap. 16), et expliquez l'attrait des travailleurs pour le nucléaire malgré les dangers qu'ils encourent.

5 La formation théorique que reçoivent les techniciens des centrales nucléaires ne les prépare pas à la réalité de leur tâche. Montrez-le en confrontant notamment les pages 89-90 et 109-113.

6 La pression exercée sur les travailleurs intérimaires peut parfois les pousser à se désolidariser ou à rejeter de manière plus radicale encore les conditions de travail qui leur sont imposées. Dites en quoi les personnages de Bernard et de Loïc incarnent ces positions.

L'inquiétante poésie du nucléaire

7 **Lecture d'images** La technologie nucléaire paraît à la fois maîtrisée et rassurante, mais aussi incontrôlable et terrifiante. Prouvez-le à partir des chapitres 14 et 15. Vous mettrez vos analyses en regard de la photographie de Raymond Depardon reproduite en début d'ouvrage, au verso de la couverture, et du dessin de Plantu, p. 147.

8 La fin du chapitre 16 est consacrée à la piscine du réacteur et à sa couleur bleue. Soulignez la dimension poétique de cette évocation.

9 La centrale du Blayais est inscrite dans un paysage particulier, celui de l'estuaire de la Gironde. À partir des chapitres 11, 14, et 18, montrez comment l'observation de cet environnement est source de méditation pour le narrateur.

✔ *Rappelez-vous !*

• Le roman est nourri d'un **discours sociologique**, sur la vie des travailleurs intérimaires dans les centrales nucléaires, mais aussi de nombreuses **explications scientifiques**, sur la fission nucléaire ou l'effet Tcherenkov. Le texte montre ainsi à la fois la **fascination** pour la technologie nucléaire et le **rejet** des conditions de travail des techniciens intérimaires dans les centrales.

• Le nom du narrateur, Yann, apparaît au détour d'une phrase (p. 82). Mais si ce dernier raconte une histoire qui est la sienne, il interroge également la **responsabilité humaine face aux dangers du nucléaire** en évoquant notamment la catastrophe de Tchernobyl.

Vers l'oral du Bac

Analyse des lignes 156-204, pages 120-122

→ *Montrer en quoi cet extrait propose une réflexion sur la condition humaine*

Conseils pour la lecture à voix haute

– Le texte est construit sur un certain nombre de reprises lexicales qui semblent faire progresser les phrases. Prenez appui sur ces éléments pour mettre en évidence le cheminement de la pensée du narrateur.

– L'extrait est composé de deux paragraphes dans lesquels les phrases semblent de plus en plus amples. Pensez à en travailler le rythme.

– Chaque paragraphe comporte par ailleurs une phrase interrogative, à laquelle il convient de donner l'intonation la plus juste. Accordez aussi une attention particulière à la fin de phrase introduite par un tiret (l. 185).

Analyse du texte

Introduction rédigée

Dans la deuxième partie du roman, l'action se déroule à la centrale du Blayais, au bord de l'estuaire de la Gironde. L'importance accordée aux paysages autour de la centrale est l'occasion de développer une réflexion sur les liens entre l'Homme et son environnement, sensible notamment dans les deux derniers paragraphes du roman. Il s'agira donc de souligner comment, à partir de la menace nucléaire, le narrateur élabore une réflexion sur la condition humaine. Après avoir montré que l'Homme est d'autant plus vulnérable que le danger est invisible, nous verrons que l'accident survenu à la centrale de Tchernobyl en Ukraine, en 1986, s'inscrit dans une suite de menaces qui pèsent sur l'humanité. Puis nous montrerons que la réflexion du narrateur interroge finalement la condition humaine dans son ensemble.

Analyse guidée

I. Un danger invisible

a. Rester confiné semble être le seul moyen de se protéger des risques d'irradiation. Montrez que l'opposition entre l'intérieur et l'extérieur structure l'extrait et que le monde décrit semble désert, comme préfigurant une catastrophe nucléaire.

b. L'adjectif « normal » est répété à plusieurs reprises au début du deuxième paragraphe. Dites en quoi l'emploi de ce mot est paradoxal.

c. Les catastrophes nucléaires engendrent des dangers invisibles. Expliquez comment le texte suggère la vulnérabilité de l'Homme au cœur d'une nature qui paraît être une source de plaisirs pour lui et qui se révèle en fait meurtrière.

II. Une suite de menaces pour l'Homme

a. Dans le premier paragraphe, le narrateur fait référence à la Seconde Guerre mondiale. Expliquez pourquoi.

b. La date de l'accident de Tchernobyl est inscrite à plusieurs reprises dans le roman. Montrez comment, à partir de cette expérience traumatisante, le narrateur élabore un discours plus général.

c. La menace nucléaire pèse sur toutes les générations, et plus particulièrement sur celles à venir. Appuyez-vous sur des éléments précis du texte pour le justifier.

III. Une réflexion sur la condition humaine

a. La pensée du narrateur semble progresser par associations d'idées. Montrez-le en accordant une importance particulière à l'amplification des phrases et aux reprises lexicales.

b. L'extrait suit les mouvements d'une pensée qui lie l'individuel et le collectif. Mettez-le en évidence en prenant notamment appui sur l'analyse des pronoms personnels.

c. La dernière phrase de l'extrait semble laisser des questions en suspens. Proposez une interprétation de la valeur du temps employé et de l'allusion au 1er mai.

Conclusion rédigée

À partir d'une centrale nucléaire en particulier, celle du Blayais, et de l'histoire personnelle de Yann et de Loïc, Élisabeth Filhol pousse son lecteur à penser les liens entre l'individuel et le collectif, et à prendre conscience des menaces modernes, même invisibles, qui pèsent sur l'Homme. La catastrophe de Tchernobyl nourrit une angoisse diffuse, qui atteint l'Homme dans ses plaisirs les plus simples, dans son lien primitif avec la nature, et pose la question de sa responsabilité. La fascination pour la technologie du nucléaire se heurte finalement aux dangers qui remettent en cause l'idée que la science est au service de l'Homme. L'existence humaine, dans sa confrontation au mal au cours de l'Histoire, semble ainsi interrogée sur une modalité qui pourrait être rapprochée de celle du docteur Rieux à la fin de *La Peste* de Camus.

Les trois questions de l'examinateur

Question 1. Que pouvez-vous dire du narrateur dans cet extrait ?

Question 2. Êtes-vous sensible aux réflexions sur la condition humaine proposées dans les romans ?

Question 3. **Lecture d'image** Connaissez-vous d'autres œuvres (livres, tableaux, films...) construites à partir d'explications scientifiques ? Vous pourrez inclure à votre propos l'analyse du tableau de Salvador Dalí reproduit en fin d'ouvrage, au verso de la couverture.

Le tour de l'œuvre en 8 fiches

Sommaire

- Fiche 1 Élisabeth Filhol en 11 dates 130
- Fiche 2 L'œuvre dans son contexte 131
- Fiche 3 La structure de l'œuvre 132
- Fiche 4 Les grands thèmes de l'œuvre 139
- Fiche 5 Les personnages du roman 141
- Fiche 6 Un roman entre documentaire et réquisitoire 143
- Fiche 7 La question de l'Homme face au nucléaire 145
- Fiche 8 Citations 148

Élisabeth Filhol en 11 dates

1965	Naissance à Mende (Lozère), puis enfance et adolescence à La Rochelle (Charente-Maritime).
1982	Parution de deux œuvres importantes pour Élisabeth Filhol : *Sortie d'usine* de François Bon et *L'Excès-l'usine* de Leslie Kaplan, qui décrivent le monde ouvrier du XXe siècle.
1983	Études de gestion et d'ingénierie financière.
1984	Parution de *L'Amant* de Marguerite Duras. C'est après la lecture de ce livre qu'Élisabeth Filhol se lance dans l'écriture.
1986	Catastrophe nucléaire de Tchernobyl, en Ukraine, le 26 avril.
1992	Séjour d'un an en Allemagne, pour suivre son mari. Rédaction de son premier roman, dont l'intrigue se déroule à bord d'un voilier et d'un navire marchand des années 1920. Ce texte ne sera pas publié.
	Quelques années plus tard, rédaction de *Sister-ship*, roman qui a pour cadre la ville de Saint-Nazaire à différentes périodes historiques. Ce texte ne sera pas publié.
2000	Publication par l'Inserm de l'ouvrage de la sociologue Annie Thébaud-Mony, *L'Industrie nucléaire, sous-traitance et servitude*, qui est une référence pour Élisabeth Filhol.
2007	Rédaction d'un texte qui a pour sujet l'accident nucléaire de Tchernobyl et ses conséquences. Vague de suicides à la centrale nucléaire de Chinon.
2010	**Publication de *La Centrale***, qui reçoit le prix France Culture-Télérama.
2013	Sortie du film *Grand Central*, de Rebecca Zlotowski, librement adapté du roman d'Élisabeth Filhol, avec Olivier Gourmet, Tahar Rahim et Léa Seydoux.
2014	Publication de *Bois II*.

L'œuvre dans son contexte

Le roman après 1945

Après la Seconde Guerre mondiale, les écrivains privilégient les jeux avec les formes et avec le langage car la représentation de la réalité est devenue problématique. Ainsi, le courant du **Nouveau Roman** (Michel Butor, Nathalie Sarraute, Claude Simon et Alain Robbe-Grillet) rompt avec les codes traditionnels du roman hérités du XIXe siècle : l'épaisseur psychologique du personnage, l'intrigue linéaire et le réalisme sont rejetés.

Depuis les années 1980, le roman français semble être entré dans une nouvelle période esthétique, qu'on qualifie parfois de « postmoderne ». De fait, on constate un retour du plaisir narratif, un goût de l'invention romanesque, déjà à l'œuvre dans les décennies précédentes chez Jean Giono, Marguerite Yourcenar, Michel Tournier, Patrick Modiano ou J.M.G. Le Clézio. **Beaucoup de textes renouent avec la dimension psychologique du personnage et la représentation du réel**. Les existences individuelles, mais aussi familiales, les conditions sociales, l'arrière-plan historique – les deux guerres mondiales particulièrement –, se trouvent de nouveau au cœur du roman. On peut ainsi parler, avec le critique universitaire Dominique Viart, de « littérature séculière, retrempée dans son temps et dans son monde ».

L'écriture du travail

En 1982 sont publiés simultanément *L'Excès-l'usine* de Leslie Kaplan et *Sortie d'usine* de François Bon. Il ne s'agit pas d'évoquer le monde du travail de manière naturaliste, comme Émile Zola l'avait fait en 1885 avec *Germinal*, mais de **travailler la langue et la syntaxe pour traduire la déshumanisation dans le monde du travail du XXe siècle**. Ces textes ont ouvert la voie à d'autres, qui tissent des liens étroits avec la sociologie, l'ethnologie, la psychanalyse, la science. Ainsi, dans *La Centrale* (2010), **Élisabeth Filhol** travaille le vocabulaire de la technique nucléaire pour rendre compte des principes de la fission de l'atome, là où **Maylis de Kerangal** étudie les propriétés du béton pour *Naissance d'un pont* (2010). Toutes deux évoquent les motivations plus ou moins secrètes, les itinéraires, les errances de travailleurs, qu'il s'agisse de développer des analogies avec les compagnons du Devoir ou de mêler les ouvriers et les ingénieurs sur un chantier en Californie. Dans *Retour aux mots sauvages* (2010), **Thierry Beinstingel** explore quant à lui la souffrance au travail et réfléchit à la manière de dire la violence subie au quotidien.

À l'aube du XXIe siècle, à l'heure de la mondialisation et de la multiplication des échanges, la littérature cherche donc à traduire de nouvelles réalités.

La structure de l'œuvre

• **Le roman est composé de deux parties**, « Chinon » et « Le Blayais », du nom de deux sites nucléaires français. **L'intrigue se déroule sur quelques jours seulement mais la succession des chapitres n'obéit pas à une chronologie linéaire**, ce qui rend parfois difficile la reconstitution précise des événements. **De plus, les ellipses temporelles ou les ruptures logiques créent des effets de juxtaposition**.

• **L'histoire racontée est celle de Yann, le narrateur**, dont on n'apprend le nom que très tardivement (p. 82). **Malgré le récit en focalisation interne, la multiplication des formules impersonnelles donne une impression de neutralité**. Ainsi, à travers la voix de Yann, c'est celle des travailleurs intérimaires dans les centrales nucléaires qu'Élisabeth Filhol fait entendre.

Chinon

Chap. 1	**– Mardi 27 mars 2007** **– Lendemain de l'incident du narrateur lors d'une intervention technique sur le réacteur de la centrale de Chinon**	Le texte débute avec l'évocation des **suicides de trois salariés de la centrale de Chinon** et se poursuit avec la **description de la centrale**, qui surgit dans le paysage, et la mention du silence qui l'entoure. **Le narrateur, anonyme, quitte le bar où il a attendu l'heure de la visite médicale. Il décrit ensuite le flux des employés qui arrivent à la centrale**. Lui n'est pas entré en zone contrôlée ce matin car, la veille, **il a été exposé à une trop grande dose de rayons radioactifs, par accident**.
Chap. 2	**– Le même jour** **– Visite médicale**	Le chapitre débute par l'**entretien avec le médecin du travail** que le narrateur doit rencontrer après l'incident de la veille. La visite médicale, impersonnelle, se déroule dans un lieu qui l'est tout autant. Le médecin lui demande de raconter son travail, ce qui donne lieu à des explications techniques. **Trois jours plus tard, le vendredi, doit avoir lieu la reconstitution des faits**.

Chap. 2 (suite)		La figure de **Jean-Yves** apparaît également dans ce chapitre : c'est un homme chaleureux, avec qui le narrateur partage une caravane, et devant lequel il n'a pas voulu faiblir la veille, en dépit de ce qui venait de se produire. La question lancinante, qui obsède tous les travailleurs intérimaires des centrales nucléaires, est celle du **quota annuel d'exposition aux rayons radioactifs** et des risques de dépassement.
Chap. 3	**– Le même jour** **– Description du fonctionnement de la centrale**	Le chapitre décrit, avec des termes techniques, le **fonctionnement de la centrale** : les trois circuits de la centrale nécessitent de l'eau, qui est importante sous toutes ses formes. Les panaches de fumée au-dessus des tours impriment leur marque au paysage. **Le vocabulaire des réactions nucléaires sert à évoquer le comportement des hommes à l'intérieur de la centrale** (« se fissurent », « le noyau », « la réaction en chaîne », p. 28).
Chap. 4	**– Le même jour** **– Manifestation de militants antinucléaires**	Le chapitre est consacré à l'évocation d'une **opération de militants antinucléaires à la centrale de Belleville-sur-Loire** : il s'agit de peindre les lettres « EPR DANGER » sur les tours de refroidissement, sous les yeux des forces de l'ordre et des caméras de télévision. Le narrateur, du fait de l'incident de la veille, ne parvient pas à se sentir solidaire des militants. Le dernier paragraphe évoque la **pression accrue exercée sur les travailleurs des centrales**, et la question de la solidarité entre les employés du nucléaire et les militants qui dénoncent les dangers de ce mode de production énergétique.
Chap. 5	**– Retour en arrière, le jour de l'incident, lundi 26 mars 2007**	Le narrateur expose le **déroulement de la procédure à suivre après l'incident**. Il remarque l'**écart entre les statistiques en matière de risques nucléaires et la réalité** : « L'engrenage bien huilé de la procédure s'est enrayé, et c'est une petite pièce métallique ramassée bêtement qui en est la cause et le grain de sable » (p. 37).

Chap. 5 (suite)	**– Détails de la soirée juste après l'incident**	Après les premiers examens médicaux, le narrateur est renvoyé chez lui. **Il évoque ensuite sa soirée en détail** : son dîner, le fait qu'il ne s'est pas couché avant l'arrivée de Jean-Yves en dépit de la fatigue, les bières partagées ensemble, puis son malaise et son cauchemar, la nuit, qui n'est décrit qu'au chapitre 7. Ce chapitre donne lieu également à la **description de la caravane**. Le nom de **Loïc** apparaît. Il semble être un ami du narrateur, évoqué à l'imparfait.
Chap. 6	**– Premier retour en arrière, septembre 2006 à la centrale de Flamanville : première rencontre avec Jean-Yves.** **– Second retour en arrière, en juin 2006, à la centrale du Blayais : première mission dans le nucléaire pour le narrateur et son ami Loïc**	**Première rencontre du narrateur avec Jean-Yves** au bar d'un hôtel dans lequel il cherchait une chambre, près de Flamanville, en septembre 2006. Pour beaucoup d'employés intérimaires du nucléaire, **la question du logement est un problème**. La meilleure solution semble être de vivre dans une caravane. **Le narrateur relate aussi la veille de sa première mission dans une centrale nucléaire, au Blayais, en juin 2006, avec Loïc**, qu'il a rencontré au lycée six ans auparavant. **Mystère sur une erreur grave commise par Loïc**, obligé de quitter la centrale de Civaux, sans donner d'explication à son ami au moment de prendre le train. Le narrateur évoque ensuite sa **solitude** dans la chambre d'hôtel qu'ils partageaient ensemble.
Chap. 7	**– Retour en arrière, dans la nuit du 26 au 27 mars 2007** **– Cauchemar du narrateur**	L'incident dont le narrateur a été victime doit être reconstitué sur le simulateur le vendredi. **Le soir, les événements repassent en boucle dans sa tête, l'empêchant de dormir**. Son cauchemar est alimenté par la signalétique et les couleurs des différents panneaux dans la centrale. Il se réveille en nage.

Chap. 8	**– Vendredi 30 mars 2007** **– Reconstitution de l'incident**	Ce chapitre revient sur **la formation théorique et pratique, très rapide, que suivent les techniciens avant leur premier poste dans le nucléaire**. Elle est évoquée par l'intermédiaire du vocabulaire des cosmonautes. La description du travail sur le terrain montre une réalité tout autre. Le narrateur établit son récit de l'incident. L'**inspecteur de la Sûreté nucléaire** l'écoute. Il emploie un **vocabulaire médical** pour évoquer la remise en eau du circuit, puis s'attarde sur la **pièce qu'il a trouvée lors de son intervention** et dont il s'agit de mesurer la radioactivité. Il faut attendre pour avoir les résultats. **Les dernières lignes rappellent la dose maximale de rayonnements radioactifs admissible: vingt millisieverts**.
Chap. 9	**– Samedi 31 mars 2007** **– Dernier dîner avec Jean-Yves**	**Lors d'un dernier dîner partagé avec Jean-Yves, ce dernier parle du risque d'irradiation, et de l'isolement que cela crée lorsque son seuil est dépassé**. Il évoque également ces jeunes qui se détruisent, par **excès de vitesse et d'adrénaline**, par **goût immodéré du danger** et vante **l'ancienne solidarité** dans le métier entre les plus jeunes et les plus expérimentés: «Et c'est un autre monde qui s'ouvre, dans la fierté du métier et les relations fortes entre les hommes, cette force de l'expérience et de la transmission qui s'interposait pour l'ouvrier jeune entre lui et l'univers menaçant, confiné, du travail en centrale» (p. 62). Le narrateur doit partir le lendemain à la recherche d'un nouveau travail. **Il n'envisage pas de trouver un poste dans un autre secteur que celui du nucléaire**.

Chap. 10	**– Dimanche 1er avril 2007** **– Départ de la centrale de Chinon**	Rupture temporelle, entre le présent et le passé, dans les premiers paragraphes du chapitre : **le narrateur prend la route la nuit, pour se rendre de la centrale de Chinon à celle du Blayais, et il se remémore les moments similaires passés avec Loïc.** **Il établit un parallèle entre son itinérance et le compagnonnage.** Il a l'impression qu'il ne lui reste aucun souvenir de tous les kilomètres qu'il a parcourus.

Le Blayais

Chap. 11	**– Le lendemain matin, lundi 2 avril 2007** **– Arrivée à la centrale du Blayais**	**Le narrateur passe la fin de la nuit dans sa voiture, sur une aire d'autoroute, avant d'arriver au Blayais** : il reconnaît ceux qui convergent vers la centrale pour l'arrêt de tranche. Il évoque les **agences d'intérim près de la centrale**, dresse la liste des postes affichés, la facilité avec laquelle il est possible d'en décrocher un. Il s'interroge sur la raison pour laquelle ces travailleurs sont attirés par la centrale. **Il revient sur sa première embauche avec Loïc, en juin 2006**, le trajet entre Lorient et le Blayais, et leur arrivée. Il établit un lien entre ses études manquées et son travail intérimaire dans les centrales nucléaires.
Chap. 12	**– Le même jour** **– Description de l'agence d'intérim**	Le chapitre débute avec l'**entrée dans l'agence d'intérim**, et le **portrait en action de la femme qui y travaille. Le prénom du narrateur, Yann, apparaît de manière indirecte**, en réponse à une question. Il fait allusion à l'incident de la semaine dernière, pour essayer d'obtenir un **poste sans risque d'irradiation**. Elle lui propose une **formation**, mais qu'il doit financer.

Chap. 13	**– Quelques jours plus tard, veille du premier jour de formation de Yann et de la première intervention de Bernard** **– Discussion entre les travailleurs**	**Lors du dîner autour de la table du mobile home, plusieurs intérimaires discutent pour savoir si Yann doit se lancer dans cette formation**, avec les conséquences financières que cela engendre. **La figure d'un nouveau venu émerge : Bernard**, qui se trouve pris dans une discussion autour de la gestion de la dose. Il n'est pas bavard ; il était embauché auparavant au rayon charcuterie-traiteur d'un supermarché et il semble particulièrement absent et angoissé ce soir-là. **Puis des hommes partent travailler avant que d'autres ne rentrent, pour assurer la continuité de la production dans la centrale.**
Chap. 14	**– Retour en arrière, en juin 2006** **– Arrivée de Yann et Loïc pour la première fois à la centrale du Blayais**	**Retour en arrière, au moment où Yann et Loïc arrivent devant la centrale du Blayais.** Ils doivent s'organiser pour leur hébergement mais prennent le temps de découvrir le site, ce qui donne lieu à une description de la centrale et de ses environs. **Puis le narrateur explique le principe de la fission nucléaire**, à l'origine de la création d'énergie nucléaire.
Chap. 15	**– Retour en arrière, dans la nuit du 25 au 26 avril 1986** **– Explications scientifiques et développement sur les causes de l'accident de Tchernobyl**	**La célèbre formule d'Einstein, $E = MC^2$, ouvre ce chapitre consacré au principe de la fission nucléaire** et à sa maîtrise dans le civil. Le processus débouche sur les explications qui permettent de comprendre **l'accident de Tchernobyl, le 26 avril 1986**.

Le tour de l'œuvre en 8 fiches

Chap. 16	**– Début du mois d'avril 2007** **– Premier jour de la formation de Yann**	Le chapitre s'ouvre sur le **portrait du formateur** qui inscrit l'équation d'Einstein au tableau. Dans la salle de cours, diverses explications sur la fission nucléaire et les gaz produits sont données. L'homme qui anime la formation est habité par sa croyance en cette technologie fascinante. Quelqu'un lui pose la question de **la couleur bleue de la piscine : il s'agit de l'effet Tcherenkov**.
Chap. 17	**– Le même jour** **– L'incident de Bernard**	**Face à la piscine vide, Bernard ne veut pas descendre**. Il renonce, mettant son équipe en danger. **Le soir, au camping, personne ne parle**. Yann tend juste un papier à Bernard, qui quitte le Blayais le lendemain, avec son adresse à Lorient. **Évocation de la fin de mission de Loïc à Civaux, en août 2006 : lui aussi a lâché son équipe**, provoquant une rumeur importante dans la centrale.
Chap. 18	**– Deuxième semaine d'avril** **– Évocation poétique du paysage et réflexion sur la condition humaine**	**Yann passe sa journée de repos sur les rives de l'estuaire de la Gironde.** Dans une **évocation très poétique**, il décrit le paysage et l'intensité des pensées qui l'envahissent face à la mer. **Yann se souvient de sa dernière soirée passée avec Loïc, en août 2006**, à Saint-Laurent, sur le trajet Civaux-Flamanville où Yann doit se rendre. **Loïc dit qu'il va arrêter**, qu'il rentre le lendemain à Lorient. Yann refuse de le suivre. **Loïc se tue sur la route, en provoquant volontairement un accident**. Les plages de Royan ramènent les considérations du narrateur vers le **nuage radioactif de Tchernobyl**, au printemps 1986, et l'**exposition à laquelle la population a été soumise** en l'absence de toute mesure de sécurité.

Les grands thèmes de l'œuvre

La centrale : un lieu de travail et un cadre de vie

La centrale marque les lieux de sa présence imposante. Sa place dans le paysage (p. 15, 92-93) mais aussi son plan d'architecture (p. 94) fascinent. L'attention accordée au bruit ou au silence qui l'entoure occupe également plusieurs passages du roman (p. 15, 93-94).

Les abords de la centrale, qu'il s'agisse du **parking** (p. 78-79) ou plus particulièrement des **campings** qui accueillent les intérimaires lors des arrêts de tranche (p. 41), témoignent d'un **cadre de vie très spécifique**, et d'une **existence rythmée par les trajets sur l'autoroute,** de centrale en centrale, au gré des chantiers de maintenance.

Les différents chapitres font progressivement entrer le lecteur dans l'univers du nucléaire et le plongent au cœur du réacteur. Les procédures d'accès et les multiples sas obligatoires pour revêtir les tenues réglementaires montrent un univers codé, protégé et sûr. La **description des interventions** des techniciens sur les différents circuits du réacteur ou les **explications scientifiques** données par le narrateur au sujet de la fission nucléaire ou de l'effet Tcherenkov permettent au lecteur d'**approcher les principes du nucléaire au cœur même de la fiction romanesque**.

La maîtrise scientifique ?

De fait, le vocabulaire et les explications techniques irriguent le texte (voir notamment chap. 15 et 16). **À la lecture, il se dégage de la technique nucléaire une curieuse impression de maîtrise totale**, fascinante, poétique même dans le cas de l'effet Tcherenkov à l'origine de la couleur bleue de l'eau qui entoure le réacteur. On comprend ainsi la foi dont semble habité le formateur : « quelque chose l'anime, davantage qu'une conviction, un enthousiasme communicatif, il s'adresse au curieux qui est en chacun de nous, capable de partager cet élan » (p. 105). **Toutefois, les conséquences terribles, et pourtant impalpables, de l'accident de Tchernobyl font considérer le nucléaire avec angoisse**. C'est ce que laisse entendre la toute fin du roman, lorsque la nature devient, à son insu, meurtrière.

Ainsi, la centrale présentée comme « impénétrable, indestructible » (p. 94 et p. 95), ne l'est pas de façon si absolue. Sa puissance de destruction est importante, comme le signale la phrase : « le monde pourrait s'écrouler, on ne s'en rendrait pas compte, lui ravagé, et nous à l'abri, ironie de l'histoire, derrière l'enceinte de confinement qui devait le protéger » (p. 114). Le **champ lexical de la guerre**, avec des allusions très claires à la Première (p. 15, 19-20) mais aussi à la Seconde Guerre mondiale (p. 120-121), replace le **combat contre les radiations dans la perspective d'une lutte contre un ennemi invisible** – qu'elle soit celle des intérimaires à l'intérieur des centrales, ou des populations suite à un accident nucléaire.

Déshumanisation et fraternité

Dans son quotidien lié à la centrale, l'homme apparaît terriblement seul, **bien qu'appartenant à une communauté en apparence soudée**. Ces deux aspects, apparemment antithétiques, se lisent clairement dans le roman notamment en ce qui concerne le travail : « après être descendus, ils se sont mis au travail, quelques mètres carrés chacun, dans le décompte des surfaces comme dans le calcul des doses, cette dose théorique à répartir entre les intervenants, il suffit que l'un d'entre eux manque à l'appel, soit une unité au dénominateur, et le compte n'y est plus. » (p. 111). **De même pour la vie quotidienne** : « Si la promiscuité, c'est d'abord l'attention qu'on porte à l'autre et qu'il nous porte, ça peut se résoudre assez facilement en s'ignorant mutuellement. Mutuellement et sincèrement, par une sorte d'accord tacite, et une politesse dans les gestes du quotidien qui vaut, pour ce qui est du confort de vie, la meilleure complicité » (p. 88).

L'amitié entre Yann et Loïc, la présence chaleureuse et bienveillante de Jean-Yves, les moments de partage dans les mobile home, mais aussi le parallèle avec les compagnons du Devoir (p. 65) **nuancent la déshumanisation qui semble découler de cet univers froid et impersonnel qu'est celui de la centrale**. En effet, à l'intérieur du bâtiment, il semble que les gestes des travailleurs soient mécaniques, « appris et répétés jusqu'à l'automatisme » (p. 19) et que ces derniers soient très rapidement interchangeables : « celui qui tombe est remplacé immédiatement » (p. 19). **L'entrevue avec le médecin est tout aussi impersonnelle**, ce que montre bien la description de la salle d'auscultation (p. 21-22) mais aussi la figure même du médecin : « salariés et médecins tous logés à la même enseigne de la veste accrochée au dossier de la chaise, et du sac – pour ceux qui en ont un – posé par terre côté fenêtre pour que ça ne gêne pas » (p. 21).

Les travailleurs semblent à la merci d'une divinité monstrueuse, la centrale, sur laquelle ils calquent leur propre rythme de vie, lui consacrant toute leur énergie : « Tandis que la matière égrène les secondes, les prestataires se relaient sous le dôme du bâtiment réacteur, et les agents plus loin en salle des machines ou derrière les écrans de contrôle » (p. 90). **Ces hommes peuvent être comparés à des prisonniers** : « Comme à fond de cale ou dans les prisons centrales » (p. 88), donnant ainsi un autre sens possible au titre du roman, qui pose clairement la question de la liberté de ces travailleurs intérimaires.

Fiche 5

Les personnages du roman

Une communauté d'hommes

La Centrale **est un roman essentiellement masculin parce qu'il traite d'un univers d'hommes** : « les femmes, surtout, on n'en croise pas beaucoup dans les centrales » (p. 22), « il n'y a pas beaucoup de femmes dans les centrales » (p. 78).

Le récit est pris en charge par un narrateur, Yann, dont le nom n'est dévoilé qu'à la page 82, après avoir été volontairement éludé lors de la consultation médicale (p. 21). **Toutefois, malgré ce regard subjectif, c'est la neutralité de la narration qui frappe à la lecture du roman** : la première personne du singulier disparaît derrière des marques de généralisation, comme le pronom impersonnel « on », et les émotions sont le plus souvent passées sous silence. On apprend que Yann a été « mis au vert » (p. 18), suite à la manipulation d'une pièce fortement irradiée lors d'une intervention. Il raconte la reconstitution de l'incident dans la première partie, puis sa quête d'un « emploi propre » (p. 82), sans risque d'exposition aux radiations, à la centrale du Blayais, dans la seconde partie du roman.

Yann évoque son amitié avec Loïc, qu'il a connu sur les bancs du lycée, et auquel il reconnaît un droit d'aînesse : « faire les mêmes choix plus ou moins éclairés [...] moi toujours un peu à la remorque par respect du droit d'aînesse, les deux années d'avance qu'il a sur moi à la naissance » (p. 46). **Leurs destins semblent liés.** Après leur scolarité et un emploi dans le secteur automobile, **ils se lancent tous les deux dans l'aventure du nucléaire** : « le prix à payer aujourd'hui pour le diplôme hier qu'on n'a pas eu » (p. 79), « Notre premier contrat, Loïc l'a décroché en juin dernier » (p. 78). Mais Yann ne suivra pas son ami lorsque celui-ci lui propose de le rejoindre à Lorient pour retrouver « un boulot propre », hors du nucléaire : « J'ai dit, non » (p. 119). Leur complicité silencieuse est palpable lorsque sont évoqués les trajets de nuit (p. 63). **La solitude à laquelle Yann est en proie lorsque Loïc s'en va** et descend de la voiture à Poitiers sans donner d'explication (p. 45), préfigure « le vide qu'il a laissé » (p. 120), après **l'accident de la route qui lui a coûté la vie** : « Il ne s'est pas rabattu après le dépassement d'une camionnette en sortie de village, il n'a pas réagi aux appels de phares. On a le témoignage des deux chauffeurs. Celui de la camionnette et celui du poids lourd qui arrivait en face » (p. 120). Selon toute vraisemblance, c'est donc volontairement que Loïc aurait provoqué l'accident.

De la foule anonyme des intérimaires se démarquent quelques figures au profil particulier. Jean-Yves incarne ainsi une forme de chaleur humaine bienveillante : « Il a une présence, quand il parle, qui emporte l'adhésion. » (p. 61) Il prend Yann en charge lorsqu'il se présente au bar-restaurant de Flamanville (p. 41) et tient à cuisiner des plats à partager tous ensemble. Il est reconnu pour son expertise dans son métier, mais semble aussi attaché aux valeurs de transmission (p. 62). À l'opposé, dans la deuxième partie, **Bernard** est un jeune solitaire, « enfermé dans son mutisme » (p. 89), qui « travaillait dans les grandes surfaces au rayon charcuterie-traiteur » (p. 87). Il est caractérisé par une angoisse qu'il ne parviendra pas à surmonter une fois entré dans la centrale, et qui fait écho à l'abandon de Loïc (p. 113).

Le roman pose la question de la motivation de ces hommes, prêts à risquer leur santé, voire leur vie, pour garder leur travail. Le texte s'ouvre d'ailleurs sur la mention de trois suicides à la centrale de Chinon, qui incitent à s'interroger sur la pression que subissent les travailleurs.

Autour de ces intérimaires gravitent des personnages tout aussi anonymes. Parmi eux, **le médecin** qui examine Yann après l'incident (« ils sont trois médecins du travail qui se relaient sur la centrale et personne n'imprime sa marque », p. 21), ou **la femme de l'agence d'intérim** dans la deuxième partie du roman (p. 81). On pourrait aussi souligner la place accordée au personnel extérieur aux interventions à proprement parler, **l'inspecteur de la Sûreté nucléaire** (p. 51), **le formateur** (p. 103), tous également dépourvus d'identité.

La centrale

Le personnage principal pourrait finalement être celui qui donne son titre au roman : la centrale. En effet, la centrale s'impose d'emblée par sa présence : le narrateur répète par deux fois « elle est devant moi » au début de deux paragraphes dans le premier chapitre, tandis que le chapitre 14 débute par la mention suivante : « La centrale. L'avoir là, sous les yeux, aussi imposante, alors qu'objectivement elle n'a rien d'exceptionnel dans ses dimensions, on ne s'y attendait pas » (p. 91). Cette présence est parfois annoncée et renforcée par les panaches de fumée blanche qui envahissent le paysage alentour (p. 27) et qui, lorsqu'ils sont absents, troublent davantage encore le narrateur (p. 76).

Pour décrire la centrale, **le narrateur emploie un vocabulaire qui contribue à la percevoir comme un être humain à part entière** : « L'eau de la Loire coule dans ses veines » (p. 27). Personnifiée, la centrale impose son propre rythme de vie aux travailleurs qui se relaient nuit et jour pour assurer son bon fonctionnement (p. 90). Elle devient ainsi **une divinité monstrueuse à laquelle se vouent des cohortes d'hommes en quête de travail**.

Ce mythe contemporain renvoie à l'image du Moloch de *Metropolis*, film de Fritz Lang réalisé en 1927 dans lequel une machine se transforme en un dieu qui se nourrit des travailleurs infortunés qu'on lui sacrifie.

Un roman entre documentaire et réquisitoire

Un documentaire ?

***La Centrale* a souvent pu être lu comme un docufiction.** En effet, la grande précision scientifique d'Élisabeth Filhol dans son roman pourrait laisser croire que l'univers du nucléaire lui est particulièrement familier. Il n'en est rien : elle n'est jamais entrée dans une centrale et son savoir n'est que le fruit de nombreuses recherches. Pourtant, **elle confère une dimension naturaliste à son texte en l'irriguant d'un vocabulaire technique spécialisé** : « DATR. Directement affecté aux travaux sous rayonnement » (p. 19). Elle file également les métaphores, qu'il s'agisse de **personnifier la centrale** ou d'**appliquer aux hommes et à leur mode de vie le principe de la fission nucléaire** : « et les hommes censés piloter la machine, maintenus sous pression artificiellement, qui se fissurent à leur tour, jusqu'où, quel est leur point de rupture ? Des forces de cohésion du noyau, on ne sait pas grand-chose » (p. 28).

Le roman est aussi nourri des apports de la sociologie, puisque la vie quotidienne des employés du nucléaire, ou leurs motivations, sont évoqués de manière très détaillée. En ce sens, le roman d'Élisabeth Filhol traduit une tendance de la littérature contemporaine, qui cherche à inclure d'autres savoirs scientifiques.

Un réquisitoire contre le nucléaire ?

On peut aussi lire dans *La Centrale* une dénonciation, certes indirecte, de l'univers du nucléaire (➡ voir fiche 7). Toutefois, Élisabeth Filhol s'est d'abord attachée aux hommes qui y travaillent. La gestion de la sous-traitance et la pression exercée sur ceux que le narrateur appelle les « nomades » (p. 90) – par opposition aux « sédentaires » (p. 90), aux « agents statutaires » (p. 15) – débouche ensuite sur la **question de la liberté et de la responsabilité de ces hommes**, particulièrement en cas d'accident.

Ainsi, la catastrophe de Tchernobyl est un leitmotiv qui met en lumière l'enjeu écologique et sanitaire du nucléaire. Élisabeth Filhol a néanmoins déclaré : « Le projet de ce livre n'est pas militant. J'ai découvert le sujet en écrivant, la colère est montée au fur et à mesure, une sorte de révolte citoyenne. » **Il ne s'agissait donc pas d'écrire un texte pour dénoncer**, puisque sa première aspiration, traduite elle aussi dans le roman, était celle de la fascination pour la maîtrise technologique. Mais il faut noter que le roman a été écrit avant la catastrophe de Fukushima, au Japon, en 2011, qui a fortement relancé le débat autour du nucléaire.

Un roman du XXIe siècle

Ainsi, si *La Centrale* est un ouvrage bien documenté, ce n'est ni un documentaire, ni un témoignage, ni un essai, mais bien un roman dans lequel l'élaboration littéraire est au premier plan. En effet, c'est à travers l'expérience subjective du narrateur que le lecteur découvre un monde inquiétant et fascinant. Son anonymat, son caractère insaisissable et l'absence manifeste de toute émotion le rapprochent de Meursault, héros du roman d'Albert Camus *L'Étranger* (1942), et l'apparentent à d'autres personnages créés par des écrivains contemporains comme Christian Oster ou Yves Ravey.

De plus, la construction du texte révèle un travail d'orchestration propre à l'écrivain : d'une part, la chronologie n'est pas suivie de manière linéaire et des **analepses** compliquent la chronologie de l'intrigue ; d'autre part, les chapitres s'enchaînent sur le mode d'une **juxtaposition** et le lecteur doit donc reconstituer les liens temporels et logiques, l'imagination venant combler les blancs du récit. Par ailleurs, **la catastrophe de Tchernobyl est un motif récurrent du roman**, qui permet à l'auteur de développer une réflexion tant scientifique que philosophique sur ce sujet d'actualité qu'est le nucléaire et ses dangers.

Si la fission nucléaire devient ainsi une matière littéraire à proprement parler, elle est aussi un principe de narration. En effet, l'organisation des chapitres brouille le fil narratif, qui est reconstitué au fur et à mesure de la lecture, par un système d'échos, de correspondances entre les deux parties du roman, comme autant d'atomes liés les uns aux autres. Ainsi, le chapitre 12 (l'entretien avec l'employée de l'agence d'intérim) semble être une variation du chapitre 2 (l'entretien avec le médecin). Chacun débute d'ailleurs par une courte phrase au discours direct, ce qui n'est le cas d'aucun autre chapitre. **De plus, dans le texte, le principe de la fission de l'atome semble s'appliquer aux hommes et à leurs existences** : « les hommes censés piloter la machine, maintenus sous pression artificiellement, qui se fissurent à leur tour [...] » (p. 28).

De manière plus générale, le travail sur la langue participe de l'élaboration littéraire voulue par Élisabeth Filhol, que ce soit par la recherche d'une expression fidèle aux émotions ressenties par les intérimaires (l'angoisse par exemple), de l'évocation du quotidien, ou même des explications scientifiques. **Le nucléaire prend ainsi une dimension esthétique.** L'auteur met en valeur les beautés absolues qui y sont liées, comme celle de la couleur bleue de l'eau qui entoure le réacteur du fait de l'effet Tcherenkov (p. 107), ou la fascination pour toute la technologie à l'œuvre dans les centrales. La progression des phrases par reprises lexicales et associations d'idées ou même sonores (« Royan et Lorient », p. 120) dans les dernières lignes du roman, traduit également cette recherche du style qui fait de *La Centrale* un texte littéraire avant tout.

La question de l'Homme face au nucléaire

Une découverte historique

Dans *La Centrale*, Élisabeth Filhol revient sur la découverte du principe de la fission nucléaire par Lise Meitner, et rappelle la fameuse équation d'Albert Einstein $E = MC^2$ (p. 97) Elle évoque l'enthousiasme des ingénieurs dans les années 1970 qui « ont eu cette ambition, équiper le pays de deux cents réacteurs » (p. 105). En effet, **au lendemain de la Seconde Guerre mondiale, la France se dote d'un Commissariat à l'Énergie Atomique (CEA)** puis développe son programme nucléaire civil, à son apogée dans les années 1970 (voir note 4, p. 51)

Dans les années 1980, et plus récemment en 2011, plusieurs accidents nucléaires remettent en cause l'image rassurante d'une technologie maîtrisée et posent la question de la sécurité des hommes (➡ voir image reproduite p. 147). Le plus grave est celui de la centrale de **Tchernobyl**, en Ukraine, le 26 avril 1986, dont la résonance est forte dans le roman d'Élisabeth Filhol. La catastrophe est évoquée lors de l'action des manifestants antinucléaires (p. 33), puis relatée et expliquée scientifiquement un peu plus loin (p. 98). Enfin, dans les dernières lignes du roman, le narrateur évoque de nouveau ce drame, en soulignant **la menace invisible que de tels accidents font planer sur l'Homme** pour qui la nature devient, à son insu, meurtrière (p. 121). **À travers cette interrogation, c'est la question de la perpétuation de l'espèce humaine qui est ainsi implicitement posée.**

Un travail particulier

Mais *La Centrale* est avant tout un texte sur le travail, et notamment sur celui des intérimaires employés lors des arrêts de tranche. La particularité du travail effectué, ainsi que les motivations de ces hommes qui s'exposent à la fameuse « dose » d'irradiation, au mépris de leur santé, voire de leur vie, se lisent à travers la voix d'un narrateur quasi anonyme : « D'en être arrivé là, à vendre son corps au prix du kilo de viande, on lui serait presque reconnaissant, au corps, de nous imposer ça » (p. 57).

Ces hommes risquent tous les jours leur vie pour un emploi qu'ils craignent de perdre, même si certains – comme Loïc – ne veulent plus « encaisser » (p. 118). Ils permettent que, tous les jours, l'électricité soit accessible facilement et à faible coût ; et pour autant ces individus semblent marginalisés, ne serait-ce que par **leur mode de vie très particulier**. La place accordée au mobile home comme habitat privilégié de ces employés en témoigne. Dans les pages 65-66, Élisabeth Filhol met en parallèle ces nomades contemporains avec les compagnons du Devoir. **L'homme, qui semble exploité et broyé par une monstrueuse technologie, semble ainsi pouvoir retrouver au sein de la communauté de travailleurs un peu de chaleur humaine.**

Une argumentation implicite

L'itinéraire de Yann permet à Élisabeth Filhol de soulever un certain nombre de questions, notamment sur les conditions de vie de ces travailleurs précaires, premières victimes d'enjeux économiques complexes. Pourtant, malgré cette mise en cause, il semble que ce soit toujours le récit qui prime : **c'est en effet à travers l'expérience personnelle du personnage que la romancière interroge des enjeux collectifs et que se déploie, de manière implicite, le caractère argumentatif du texte**. L'auteur semble vouloir sensibiliser le lecteur au sujet du nucléaire de manière détournée. Ainsi, dans le chapitre 4, le narrateur se montre très distant, voire critique, par rapport aux militants antinucléaires : « Solidaires, nous sur les sites, de ceux qui y pénètrent et font le spectacle ? Le sont-ils seulement de nous ? » (p. 32-33). De même, c'est d'abord la fascinante maîtrise technologique qui est donnée à lire au chapitre 15, avant le récit minuté de la catastrophe de Tchernobyl et l'évocation de ses invisibles mais terribles conséquences écologiques. C'est sur cette évocation que se referme le roman, laissant en suspens un certain nombre de questions.

Élisabeth Filhol conduit donc le lecteur à une réflexion générale sur l'Homme, au croisement des domaines politique, économique, scientifique et écologique, au moyen de détails aussi triviaux que le partage d'un mobile home entre quatre travailleurs ou aussi poétiques que la couleur bleue de l'eau qui entoure le réacteur. **C'est, par conséquent, à travers une manière singulière de représenter l'Homme et une écriture elliptique, allusive, qu'elle pose la question du nucléaire et pointe la responsabilité de chacun** : « Et en attendant d'en sortir, dix-neuf centrales alimentent le réseau afin que tout un chacun puisse consommer, sans rationnement, sans même y penser, d'un simple geste » (p. 32).

Dessin de Plantu paru dans *Le Monde* du 13 janvier 1989.

➡ Voir question 7, p. 124.

Citations

La Centrale

« Les autres, comme moi, ne sont là que pour les trois à cinq semaines que dure un arrêt de tranche, maintenance du réacteur et rechargement en combustible, de mars à octobre les chantiers se succèdent à travers la France et les hommes se déplacent d'un site à l'autre, tous salariés des sociétés prestataires. »

Première partie – Chapitre 1

« Chair à neutrons. Viande à rem. »

Première partie – Chapitre 1

« Ils disent que c'est trop dangereux. Effectivement, c'est dangereux, mais il faut bien le faire, et quand on accepte ce genre de contrat, des missions on en trouve partout. Vous franchissez le seuil d'une agence, et c'est signé. Les agences d'intérim poussent autour des centrales comme des champignons, après des mois de galère on se laisse prendre par la facilité : vous entrez, c'est signé. »

Première partie – Chapitre 2

« L'eau de la Loire coule dans ses veines. »

Première partie – Chapitre 3

« Vous entrez, vous avez quelques minutes pour faire ce que vous avez à faire, c'est serré, vous le faites, vous sortez, un autre prend la relève, etc. Techniquement, ça n'est pas difficile, mais au moindre souci, à la moindre complication, vous prenez un coup de chaud, parce que le compteur là sur votre poitrine s'emballe, le dosimètre, et en dessous ça s'emballe aussi, et la respiration sous le heaume se cale sur un autre rythme. Point chaud. Ou comment ce qui est simple dans son principe devient compliqué dans la conscience qu'a chacun d'être exposé aux radiations et la communication du stress à l'intérieur de l'équipe. »

Première partie – Chapitre 8

« Vingt millisieverts. La dose maximale autorisée par homme et par an, pour quatre-vingt-cinq kilogrammes de squelette et de muscles, avec un peu de savoir-faire et de chance, chacun espère répartir la dose sur un nombre maximum de missions, il oublie qu'au premier incident sérieux, on le mettra sur le banc de touche jusqu'à l'année prochaine. »

Première partie – Chapitre 8

«D'en être arrivé là, à vendre son corps au prix du kilo de viande, on lui en serait presque reconnaissant, au corps, de nous imposer ça.»

Première partie – Chapitre 9

«L'industrie nucléaire plutôt que le bâtiment ou l'automobile, certains y trouvent leur compte. La preuve, on en croise tous les jours qui pourraient changer de vie, ils ont eu leur lot de galères, et pourtant ils sont là, qui en redemandent. Qu'est-ce qui les attire?»

Première partie – Chapitre 9

«Métiers à risques. Pourquoi certains franchissent le pas et d'autres non? Il y a la nécessité, l'urgence, mais pas seulement. Ce qui est à l'œuvre là-bas, au cœur de la centrale, en fascinera d'autres après nous, ce mélange des genres. Comme d'avoir une tension en soi, une crainte sourde, ça n'enlève rien. Le fait qu'à l'attirance soit mêlée autre chose. Certains viennent pour ça, Jean-Yves a raison. Disons qu'on peut venir pour ça, d'autres l'ont fait, certains le font encore. Aussi, bien sûr, pour tout un tas d'autres raisons. Mais en dernier ressort, pour aller jusqu'au bout, pour atteindre ce point vers lequel tous les désirs convergent dans leur ambiguïté, ce point central d'où tout part, d'où toute l'énergie primaire est issue. S'en approcher au plus près, sentir son souffle. D'une telle puissance. Dont on connaît bien les effets dévastateurs. Mais qui a sur les hommes, du moins certains hommes, une force d'attraction incomparable – sur certaines femmes aussi peut-être, je ne sais pas, il n'y a pas beaucoup de femmes dans les centrales.»

Deuxième partie – Chapitre 11

«EDF encaisse les profits, vous encaissez les doses [...].»

Deuxième partie – Chapitre 13

«La centrale. L'avoir là, sous les yeux, aussi imposante, alors qu'objectivement elle n'a rien d'exceptionnel dans ses dimensions, on ne s'y attendait pas.»

Deuxième partie – Chapitre 14

«Impénétrable, indestructible. Et ce que l'hermétisme du dehors traduit du dedans. Elle séduit. Disons qu'elle peut séduire. Par ce qui est à l'œuvre au cœur du réacteur dans l'assemblage minutieux des pastilles d'uranium, la fission nucléaire, si simple dans son principe. Par ce qu'elle dit surtout de la maîtrise acquise par l'homme des lois de la matière et de la manière d'en libérer l'énergie. Une énergie colossale, contenue, tout est là, dans un confinement qui ne demande qu'à être rompu pour donner toute sa mesure.»

Deuxième partie – Chapitre 14

«À la pause de dix heures trente, devant la machine à café, quelqu'un lui pose la question. À propos de la piscine – de la couleur de l'eau dans la piscine. Un bleu intense, quasi surnaturel, qui pourtant ne doit rien à la science et n'emprunte rien à la fiction, le bleu du ciel au-dessus des casbahs, illuminé, transfiguré de l'intérieur, un bleu d'artiste inventé puis breveté sous sa formule chimique, mais dans une transparence et un rayonnement que seule la nature dans ce qu'elle a de plus intime est capable de rendre sensible à nos yeux, et pour cause, certaines particules dans l'eau battent en vitesse le record de la lumière.»

Deuxième partie – Chapitre 16

À propos de *La Centrale*

«Extrême précision documentaire et narration très incarnée: Élisabeth Filhol tient ces deux fils, les suit l'un et l'autre, les croise et les tisse, pour former un tissu romanesque extrêmement original et convaincant. La minutie froide, radicale, presque envoûtante des développements techniques et scientifiques, qui sont comme autant de plongées hyperréalistes dans le monde de l'industrie nucléaire ou dans celui, infiniment petit et anxiogène, de l'atome et de la fission, participe pleinement du dispositif narratif de *La Centrale*. Confrontant la fragilité des hommes à la froideur, la complexité, l'inaccessibilité, mais aussi la séduction puissante de la technologie. Interrogeant, sans militantisme mais avec beaucoup d'humanité, la validité du sacrifice que le monde moderne exige de l'homme.»

Nathalie Crom, *Télérama*, 6 janvier 2010.

«Roman social, *La Centrale* captive et interpelle, traversée de bout en bout par une tension difficile à apaiser, telle une cocotte-minute au bord de l'explosion. Au-delà des questions de la gestion industrielle de l'énergie nucléaire, de l'écologie, de la réduction toujours plus grande des coûts, et au-delà d'un possible engagement politique (qui jamais ne sourd exagérément de ces pages), la grande pertinence du projet d'Élisabeth Filhol est de chercher à comprendre non seulement le fonctionnement propre de cet univers méconnu, mais aussi le sens de ces choix difficiles et risqués. Que viennent-ils chercher là, ces hommes ? [...] Pour chacun d'eux, il sera difficile de s'arracher à l'emprise qu'exerce la centrale sur leur quotidien, leur passé, leur avenir. Et ce, bien au-delà d'un périmètre géographique qui serait sa zone d'influence. Très judicieusement, la romancière évoque la notion de « sas », à l'intérieur du complexe même, dans les procédures de travail et de sécurité. Mais aussi à l'extérieur, en arrivant ou en retournant vers la normalité, au café ou sur le parking. Ce « besoin d'une zone tampon » figurant une nécessaire décontamination, non chimique, mais morale, comme si les deux mondes ne pouvaient se penser ni se vivre ensemble. »

Sabine Audrerie, *La Croix*, 7 janvier 2010.

« Le roman d'Élisabeth Filhol n'est évidemment pas la meilleure publicité qui soit pour Areva, mais n'a rien à voir avec un simple brûlot antinucléaire. Ce qui fait de *La Centrale* un texte aussi fort, c'est qu'il vaut comme métaphore d'un système qui a érigé le précariat en norme et qui, sous la pression économique et la recherche du moindre coût comme sous l'effet de radiations, a muté en machine à broyer ses employés. Filhol rend compte de ce processus en opérant tout au long du livre un glissement sémantique subtil. La centrale acquiert les qualités d'un organisme vivant avec l'eau de la Loire qui "coule dans ses veines" ; elle semble se nourrir de ceux qu'elle exploite, pompant leur énergie vitale pour les réduire à de simples mécaniques, des hommes "maintenus sous pression artificiellement, qui se fissurent à leur tour" comme s'opère la fission des atomes d'uranium. Une contamination irréversible : "on pourra marcher autant qu'on veut, respirer à pleins poumons, ça ne se nettoie pas". Pas plus que l'on ne se débarrasse du trouble engendré par *La Centrale*. »

Élisabeth Philippe, *Les Inrockuptibles*, 13 janvier 2010.

« En découvrant *La Centrale*, d'Élisabeth Filhol, premier roman fulgurant de fermeté politique, de précision sociale et scientifique, de force littéraire dans sa façon de produire des "effets de réel", on se demande d'où vient ce livre qui raconte la vie d'un jeune technicien dans une centrale nucléaire. Bien sûr, de notre temps. D'une planète menacée par ses apprentis sorciers, d'un siècle héritier de la catastrophe de Tchernobyl – le 26 avril 1986 –, d'une génération pour laquelle la réflexion sur le nucléaire est incontournable. »

René de Ceccatty, *Le Monde des livres*, 21 janvier 2010.

Groupements de textes

Groupement 1

Sur la route, le personnage itinérant en littérature

Miguel de Cervantès, *L'Ingénieux Hidalgo Don Quichotte de la Manche*

Publiée en 1605, *L'Ingénieux Hidalgo Don Quichotte de la Manche*, est l'œuvre la plus célèbre de l'auteur espagnol Miguel de Cervantès (1547-1616). Dans ce récit parodique, il met en scène un héros passionné de romans de chevalerie, dont les lectures finissent par lui faire perdre la raison. Un jour, ce dernier se lance à l'aventure sur son cheval, pour affronter le monde, espérant que ses exploits soient dignes d'être racontés.

En cheminant ainsi, notre tout neuf aventurier se parlait à lui-même, et disait : « Qui peut douter que dans les temps à venir, quand se publiera la véridique histoire de mes exploits, le sage qui les écrira, venant à conter cette première sortie que je fais si matin[1] ne s'exprime de la sorte : "À peine le blond Phébus[2] avait-il

1. **Si matin** : de si bonne heure.
2. **Phébus** : autre nom d'Apollon, dieu du soleil et de la poésie dans la mythologie grecque.

étendu sur la spacieuse face de la terre immense les tresses dorées de sa belle chevelure ; à peine les petits oiseaux nuancés de mille couleurs avaient-ils salué des harpes de leurs langues, dans une douce et mielleuse harmonie, la venue de l'aurore au teint de rose, qui, laissant la molle couche[1] de son jaloux mari, se montre aux mortels du haut des balcons de l'horizon castillan[2], que le fameux chevalier Don Quichotte de la Manche, abandonnant le duvet oisif[3], monta sur son fameux cheval Rossinante, et prit sa route à travers l'antique et célèbre plaine de Montiel." » En effet, c'était là qu'il cheminait ; puis il ajouta : « Heureux âge et siècle heureux, celui où paraîtront à la clarté du jour mes fameuses prouesses dignes d'être gravées dans le bronze, sculptées en marbre, et peintes sur bois, pour vivre éternellement dans la mémoire des âges futurs ! Ô toi, qui que tu sois, sage enchanteur, destiné à devenir le chroniqueur de cette merveilleuse histoire, je t'en prie, n'oublie pas mon bon Rossinante[4], éternel compagnon de toutes mes courses et de tous mes voyages. » Puis, se reprenant, il disait, comme s'il eût été réellement amoureux : « Ô princesse Dulcinée, dame de ce cœur captif[5] ! une grande injure vous m'avez faite en me donnant congé, en m'imposant, par votre ordre, la rigoureuse contrainte de ne plus paraître en présence de votre beauté. Daignez[6], ma dame, avoir souvenance de ce cœur, votre sujet, qui souffre tant d'angoisses pour l'amour de vous. » À ces sottises, il en ajoutait cent autres, toutes à la manière de celles que ces livres lui avaient apprises, imitant de son mieux leur langage. Et cependant, il cheminait avec tant de lenteur, et le soleil, qui s'élevait, dardait[7] des rayons si brûlants que la chaleur aurait suffi pour lui fondre la cervelle s'il en eût conservé quelque peu.

Il marcha presque tout le jour sans qu'il lui arrivât rien qui fût digne d'être conté ; et il s'en désespérait, car il aurait voulu

1. **Couche** : lit.
2. **Castillan** : de la Castille, région du centre de l'Espagne.
3. **Abandonnant le duvet oisif** : quittant son lit où il se reposait.
4. **Rossinante** : nom du cheval de Don Quichotte.
5. **Captif** : prisonnier, soumis.
6. **Daignez** : acceptez.
7. **Dardait** : lançait.

rencontrer aussitôt quelqu'un avec qui faire l'expérience de la valeur de son robuste bras.

Miguel de Cervantès, *L'Ingénieux Hidalgo Don Quichotte de la Manche* [1605], partie I, chap. 2, trad. de l'espagnol par L. Viardot, GF-Flammarion, 1969.

Alain-René Lesage, *Histoire de Gil Blas de Santillane*

Écrivain français, Alain-René Lesage (1668-1747) trouve sa source d'inspiration dans de nombreux romans espagnols pour écrire l'*Histoire de Gil Blas de Santillane*, dont les deux premiers livres sont publiés en 1715. Au cours de ses aventures, Gil Blas, le personnage principal, est souvent contraint de se mettre en chemin. Ainsi, après avoir été serviteur d'un médecin et avoir exercé lui-même, sans grande réussite, l'art de la médecine, il quitte Valladolid par crainte des représailles d'un Biscayen. Celui-ci espérait en effet épouser une femme que Gil Blas a soignée et dont il a causé la mort.

Je marchais fort vite et regardais de temps en temps derrière moi pour voir si ce redoutable Biscayen[1] ne suivait point mes pas. J'avais l'imagination si remplie de cet homme-là que je prenais pour lui tous les arbres et les buissons. Je sentais à tout moment mon cœur tressaillir d'effroi. Je me rassurai pourtant après avoir fait une bonne lieue[2] et je continuai plus doucement mon chemin vers Madrid, où je me proposais d'aller. Je quittais sans peine le séjour de Valladolid[3]; tout mon regret était de me séparer de Fabrice, mon cher Pylade[4], à qui je n'avais pu même faire mes adieux. Je n'étais nullement fâché d'avoir renoncé à la médecine; au contraire, je demandais pardon à Dieu de l'avoir exercée. Je ne laissai pas de compter avec plaisir l'argent que j'avais dans mes poches, bien que ce fût le salaire de mes assassinats[5].

1. **Biscayen**: originaire du pays Basque, province du nord-ouest de l'Espagne.
2. **Lieue**: ancienne unité de distance, équivalant à quatre kilomètres.
3. **Madrid, Valladolid**: villes d'Espagne.
4. **Pylade**: fidèle ami d'Oreste dans la mythologie grecque.
5. Gil Blas parle ici de l'argent gagné lorsqu'il exerçait la médecine et qu'il causait la mort de ses patients.

Je ressemblais aux femmes qui cessent d'être libertines[1], mais qui gardent toujours à bon compte le profit de leur libertinage. J'avais en réaux[2], à peu près, la valeur de cinq ducats[3]. C'était là tout mon bien. Je me promettais avec cela de me rendre à Madrid, où je ne doutais point que je ne trouvasse quelque bonne condition. D'ailleurs, je souhaitais passionnément d'être dans cette superbe ville, qu'on m'avait vantée comme l'abrégé de toutes les merveilles du monde.

Alain-René Lesage, *Histoire de Gil Blas de Santillane* [1715], livre second, chapitre VI, GF-Flammarion, 1977.

Denis Diderot, *Jacques le Fataliste et son Maître*

Jacques le Fataliste et son Maître **est l'œuvre de l'écrivain et philosophe français Denis Diderot (1713-1784), publiée à titre posthume en 1796. Il s'agit d'un dialogue entre Jacques et son maître, personnages errants qui, au cours de leurs nombreuses aventures, se livrent à certaines considérations philosophiques. Le narrateur intervient très souvent dans le récit, s'adressant même parfois au lecteur, comme c'est le cas dans l'extrait suivant.**

L'aube du jour parut. Les voilà remontés sur leurs bêtes et poursuivant leur chemin. – Et où allaient-ils ? – Voilà la seconde fois que vous me faites cette question, et la seconde fois que je vous réponds : Qu'est-ce que cela vous fait ? Si j'entame le sujet de leur voyage, adieu les amours de Jacques… Ils allèrent quelque temps en silence. Lorsque chacun fut un peu remis de son chagrin, le maître dit à son valet : – Eh bien, Jacques, où en étions-nous de tes amours ?

Jacques. Nous en étions, je crois, à la déroute de l'armée ennemie. On se sauve, on est poursuivi, chacun pense à soi. Je reste sur le champ de bataille, enseveli sous le nombre des morts et des blessés, qui fut prodigieux. Le lendemain on me jeta, avec une

1. **Libertines** : ici, prostituées.
2. **Réaux** : anciennes pièces de monnaie espagnoles.
3. **Ducats** : anciennes pièces d'or.

douzaine d'autres, sur une charrette, pour être conduit à un de nos hôpitaux. Ah ! monsieur, je ne crois pas qu'il y ait de blessures plus cruelles que celle du genou.

LE MAÎTRE. Allons donc, Jacques, tu te moques.

JACQUES. Non, pardieu, monsieur, je ne me moque pas ! Il y a là je ne sais combien d'os, de tendons, et d'autres choses qu'ils appellent je ne sais comment…

Une espèce de paysan qui les suivait avec une fille qu'il portait en croupe[1] et qui les avait écoutés, prit la parole et dit : « Monsieur a raison… »

On ne savait à qui ce *monsieur* était adressé, mais il fut mal pris par Jacques et par son maître ; et Jacques dit à cet interlocuteur indiscret : « De quoi te mêles-tu ?

– Je me mêle de mon métier ; je suis chirurgien à votre service, et je vais vous démontrer… »

La femme qu'il portait en croupe lui disait : « Monsieur le docteur, passons notre chemin et laissons ces messieurs qui n'aiment pas qu'on leur démontre.

– Non, lui répondit le chirurgien, je veux leur démontrer, et je leur démontrerai… »

Et, tout en se retournant pour démontrer, il pousse sa compagne, lui fait perdre l'équilibre et la jette à terre, un pied pris dans la basque[2] de son habit et les cotillons[3] renversés sur sa tête. Jacques descend, dégage le pied de cette pauvre créature et lui rabaisse ses jupons. Je ne sais s'il commença par rabaisser les jupons ou par dégager le pied ; mais à juger de l'état de cette femme par ses cris, elle s'était grièvement blessée. Et le maître de Jacques disait au chirurgien : « Voilà ce que c'est que de démontrer. »

Et le chirurgien : « Voilà ce que c'est que de ne pas vouloir qu'on démontre !… »

Et Jacques à la femme tombée ou ramassée : « Consolez-vous, ma bonne, il n'y a ni de votre faute, ni de la faute de M. le docteur,

1. **En croupe** : sur la croupe du cheval, derrière la selle.
2. **Basque** : pièce de tissu qui pend au bas de la veste.
3. **Cotillons** : jupons.

ni de la mienne, ni de celle de mon maître : c'est qu'il était écrit là-haut qu'aujourd'hui, sur ce chemin, à l'heure qu'il est, M. le docteur serait un bavard, que mon maître et moi serions deux bourrus[1], que vous auriez une contusion[2] à la tête et qu'on vous verrait le cul… »

Que cette aventure ne deviendrait-elle pas entre mes mains, s'il me prenait en fantaisie de vous désespérer ! Je donnerais de l'importance à cette femme ; j'en ferais la nièce d'un curé du village voisin ; j'ameuterais les paysans de ce village ; je me préparerais des combats et des amours ; car enfin cette paysanne était belle sous le linge. Jacques et son maître s'en étaient aperçus ; l'amour n'a pas toujours attendu une occasion aussi séduisante. Pourquoi Jacques ne deviendrait-il pas amoureux une seconde fois ? pourquoi ne serait-il pas une seconde fois le rival et même le rival préféré de son maître ? – Est-ce que le cas lui était déjà arrivé ? – Toujours des questions. Vous ne voulez donc pas que Jacques continue le récit de ses amours ? Une bonne fois pour toutes, expliquez-vous ; cela vous fera-t-il, cela ne vous fera-t-il pas plaisir ?

Diderot, *Jacques le Fataliste et son Maître* [posth. 1796], Gallimard, « Folio classique », 2006.

John Steinbeck, *Les Raisins de la colère*

Écrivain américain, John Steinbeck (1902-1968) publie *Les Raisins de la colère* en 1939. Dans ce roman, il évoque la Grande Dépression, nom donné à la crise économique qui frappa les États-Unis dans les années 1930, et plus particulièrement le sort de petits fermiers ruinés par la mécanisation de l'agriculture. Ces derniers sont condamnés à l'émigration et prennent la route de l'Ouest, pensant trouver un avenir meilleur.

Les voitures des émigrants surgissaient en rampant des chemins de traverse, regagnaient l'autostrade[3] et reprenaient la grande voie des migrations, la route de l'Ouest. À l'aube, elles

1. **Bourrus** : hommes brusques, rudes.
2. **Contusion** : coup, choc.
3. **Autostrade** : autoroute.

détalaient, pareilles à des punaises; dès la tombée du jour, surprises par l'obscurité, elles se rassemblaient et venaient grouiller autour d'un abri ou d'un point d'eau. Et parce qu'ils se sentaient perdus et désemparés, parce qu'ils venaient tous d'un coin où régnaient la désolation et les soucis, où ils avaient subi l'humiliation et la défaite, et parce qu'ils s'en allaient tous vers un pays nouveau et mystérieux, instinctivement, les émigrants se groupaient, se parlaient, partageaient leur vie, leur nourriture et tout ce qu'ils attendaient de la terre nouvelle… Quand par exemple une famille campait près d'une source, il arrivait qu'une autre famille vînt s'y installer, à cause de la source ou par besoin de compagnie, puis une troisième, parce que les deux premières avaient étrenné le coin[1] et l'avaient jugé favorable. Et à la tombée du jour, c'étaient peut-être vingt familles et vingt voitures qui finissaient par se trouver rassemblées là.

Vers le soir, il se passait une chose étrange: les vingt familles ne formaient plus qu'une seule famille, les enfants devenaient les enfants de tous. Ainsi partagée, la perte du foyer se faisait moins sensible et le paradis de l'Ouest devenait un grand rêve commun. Et il advenait que la maladie d'un enfant remplît de désespoir vingt familles, cent personnes; qu'une naissance, là sous une tente, tînt cent personnes figées toute une nuit dans une crainte respectueuse et qu'au matin la délivrance[2] mît la joie au cœur de cent personnes. On voyait une famille, la veille encore tout apeurée et désemparée, défaire ses paquets à la recherche d'un cadeau pour le nouveau-né. Le soir, assis autour des feux, les vingt n'étaient plus qu'une seule tribu. Tous se soudaient peu à peu en groupes, pour le campement, pour la veillée, pour la nuit. Quelqu'un tirait d'une couverture une guitare, l'accordait et les chansons que tous connaissaient, montaient dans la nuit. Les hommes chantaient les paroles et les femmes fredonnaient l'air en sourdine.

Chaque soir un monde se créait, un monde complet, meublé d'amitiés affirmées, d'inimitiés subitement établies; un monde complet avec ses vantards, ses lâches, avec ses hommes calmes,

---

1. **Avaient étrenné le coin**: s'étaient déjà installées dans le coin.
2. **Délivrance**: moment où le bébé sort du ventre de la mère.

ses hommes modestes et bons. Chaque soir s'établissaient les relations qui font un monde et chaque matin le monde se disloquait[1] à la façon d'un cirque ambulant.

John Steinbeck, *Les Raisins de la colère* [1939], chap XVII, trad. de l'anglais (américain) par M. Duhamel et M.-E. Coindreau, Gallimard, «Folio», 1972.

Romain Puértolas, *L'extraordinaire voyage du fakir qui était resté coincé dans une armoire Ikea*

L'extraordinaire voyage du fakir qui était resté coincé dans une armoire Ikea est le premier roman de Romain Puértolas, né en 1975. Le titre laisse supposer l'aventure loufoque et rocambolesque du fakir Ajatashatru. Ce dernier vient à Paris pour se procurer un lit à clous chez Ikea et se retrouve enfermé dans une armoire du magasin. Il arrive, grâce à ce moyen de transport des plus originaux, jusqu'en Angleterre. L'extrait se situe au début de la deuxième partie du roman.

Des voix réveillèrent Ajatashatru.

De grosses voix d'hommes.

Il ne s'était même pas aperçu qu'il s'était assoupi. Depuis qu'il était entré dans l'armoire, on l'avait valdingué[2] dans tous les sens. Il s'était senti élevé de terre, il s'était senti rouler. On l'avait surtout cogné contre des murs, des escaliers, et d'autres ONI, Obstacles non identifiés.

Plusieurs fois, il avait été tenté de sortir et de tout avouer. C'était peut-être mieux que d'être chahuté et transporté vers l'inconnu. Par ailleurs, l'obscurité et les voix incompréhensibles en français, de l'autre côté de la cloison, avaient quelque chose d'oppressant[3].

Néanmoins, Ajatashatru avait tenu bon.

Au bout de quelques minutes, cela avait payé. Il n'avait plus rien entendu ni senti. Il s'était d'ailleurs cru mort. Mais la

1. **Se disloquait** : se décomposait.
2. **Valdingué** : fait tomber, secoué (populaire).
3. **Oppressant** : angoissant.

douleur provoquée par le pincement qu'il s'était infligé sur le dos de la main lui avait confirmé qu'il ne l'était pas, pas encore du moins, et qu'on l'avait seulement abandonné à son triste sort dans le silence et les ténèbres. Il avait alors tenté de sortir de l'armoire mais il n'y était pas parvenu. Épuisé et résigné, il avait dû glisser dans les puissants limbes[1] du sommeil.

À présent, les grosses voix n'arrêtaient pas de parler. L'Indien crut en identifier cinq différentes. Ce n'était pas évident, elles avaient toutes la même tonalité grave, sourde, comme sorties d'outre-tombe. Mais une chose était sûre, il ne s'agissait plus de celles qu'il avait entendues autour de lui au magasin. Elles parlaient si vite et elles s'exprimaient dans une langue pleine d'onomatopées[2], de sons secs, abrupts qui ne lui étaient pas inconnus. Une langue arabe mais parlée par des Noirs, pensa l'Indien.

Un des hommes éclata de rire. On aurait dit un matelas aux ressorts grinçants sous l'ardeur[3] de deux amants.

Ne sachant pas si ces voix étaient celles d'amis ou d'ennemis, le fakir retenait sa respiration. Par ami, il entendait toute personne qui ne s'offusquerait[4] pas de le trouver dans cette armoire. Par ennemi, toutes les autres : employés d'Ikea, policiers, l'éventuelle acheteuse de l'armoire, l'éventuel mari de l'éventuelle acheteuse rentrant du travail et trouvant un Indien en chaussettes dans sa nouvelle armoire.

À grand-peine, il déglutit[5] et essaya de s'humidifier la bouche. Il avait les lèvres pâteuses, comme si quelqu'un les lui avait collées avec de la glu. Alors un terrible sentiment de panique l'assaillit, plus terrible encore que la peur d'être découvert vivant, celui d'être découvert mort dans cette armoire en tôle bon marché.

Romain Puértolas, *L'extraordinaire voyage du fakir qui était resté coincé dans une armoire Ikea*, Le Dilettante, 2013.

Groupements de textes

1. **Limbes** : états vagues et incertains (sens figuré).
2. **Onomatopées :** sons imitant l'être ou la chose que l'on veut nommer.
3. **Ardeur :** fougue, passion.
4. **S'offusquerait :** se formaliserait, s'offenserait.
5. **Déglutit :** avala sa salive.

Groupement 2

Écrire le travail aux XXe et XXIe siècles

François Bon, *Sortie d'usine*

Sortie d'usine est le premier roman de François Bon, publié en 1982. Cet écrivain, né en 1953, a contribué à ouvrir la voie à une nouvelle littérature du réel, en s'intéressant au monde du travail, et plus particulièrement aux ouvriers. Dans cet extrait il est question de la routine mécanique, du rapport aux supérieurs, mais aussi du vide sur lequel sont fondées les existences de ces travailleurs.

Non, ce matin-là traînait comme traîne l'immense suite des jours qui valident et reconduisent leurs lieux communs : ça va comme un lundi et puis le mercredi en voilà un bon bout de fait, jeudi ça va mieux qu'hier et moins bien que demain jusqu'à vendredi ça ira mieux ce soir puis encore une de faite qu'est plus à faire ou merci d'être venu. Les jours qui filent sans particulier ni mémoire, où l'heure n'est plus tout à fait un temps et disparaît se voile dans la succession rigide des actes, leur enchaînement mécanisé, on sait qu'il est neuf heures parce qu'on revient de prendre le casse-croûte ou le café, puis ce moment plus tard de creux des onze, cette heure à la fois plus légère et plus lente parce qu'on écoute l'estomac battre la durée, que l'échelonnement des services commence à la cantine, on se retrouve à se laver les mains et ce n'est plus travailler, cette heure quasi invisible du midi, même si l'on ne s'éloigne pas du poste ni qu'on sorte à la lumière, jusqu'à la sirène de la reprise, les deux coups à cinq minutes d'intervalle. Ce moment des mains libres où les habitudes, même régnant sans partage, ne sont pas celles auxquelles veille le chef, journal, cigarettes parler, ou les cartes, ou rien.

Surtout rien, l'attente ensemble de la reprise comme nonchalance[1] affirmée, la paresse comme en drapeau dans la gloire du permis. Osant ainsi se dire le propre ici de l'homme accoudé le ventre en avant, lourd de la cuisine avalée trop vite, et si vite renvoyé après le bifteck du lundi les frites du mercredi le poisson

1. **Nonchalance :** mollesse, paresse.

du vendredi, sauf cette fois du Nouvel An où ils trouvaient dans leur assiette les hommes un cigare les femmes du chocolat, alors on prenait le temps avant de revenir face à l'entremêlement des machines, les outils la pendule, il faut bien s'y remettre, non pas un par un mais le poids de tous qui résiste tant que faire se peut jusqu'au regard du chef, aux bruits de l'autre équipe à côté qui a déjà repris. Alors un de ceux-là se décide, ça s'en va y aller dit-il on écrase sous le talon les mégots, un éventail où le groupe se dissout vers les établis les bécanes pour la course traînante de l'après-midi, et petite vitesse grand doucement la dernière heure s'enclenche, on saura bien la passer quitte à s'enfermer dans la mécanique des gestes, astuces de travaux légers réservés pour ce moment, bricolage rangement ou bien compter, se dire tant de pièces à sortir et ça y sera, le moment venu où l'on ne travaille plus guère, la dernière demi-heure, voire le vendredi un peu plus, quand n'osent plus intervenir les blouses grises qui se retranchent dans leurs paperasses. Sauf, et c'est souvent une fois la semaine au moins, passage dans les dix dernières minutes du chef d'atelier ou de l'encostumé quelconque dévoyé à cette fonction, le réveil alors du chef eh les gars remuez-vous voilà machin, et pour ce passage de fin de journée se prépare et s'offre le numéro de ce théâtre rodé, un rituel de revue jusqu'à ce qu'une fois le type passé on simule dans son dos un garde-à-vous tout militaire, comme accepter de plier devant la hiérarchie qui passe, ne pas être pris à ne rien faire ou même en avoir l'air, la rallonge[1] en dépend dit-on, ne rien laisser transparaître qui puisse être considéré comme mauvaise tête ou forte, sans rien pourtant concéder à la chefferie parce que n'importe comment on n'en fera pas plus, que dans quelques minutes le portail passé c'en sera fini du simulacre et de la courbette[2].

François Bon, *Sortie d'usine* [1982], Les Éditions de Minuit, « Double », 2011.

Groupements de textes

1. Rallonge : augmentation de salaire (familier).
2. Simulacre, courbette : apparences, faux-semblants.

Leslie Kaplan, *L'Excès-l'usine*

Leslie Kaplan (née en 1943), publie *L'Excès-l'usine* en 1982. Ce texte est constitué de courts paragraphes, qui se rapprochent de la poésie par l'utilisation de mots simples et de phrases brèves, parfois nominales. Le texte traduit surtout l'impersonnalité de l'usine, par l'emploi d'un « on » qui souligne que le lieu conduit à l'indifférenciation, et pose la question de la transcription des émotions.

Des bidons, des fils, des tôles sont empilés. Certains sont peints, les couleurs sont rouge, jaune, bleu, vert. Pièces et morceaux, bidons, fils et tôles. On ne sait pas, on ne peut pas savoir. On les regarde passionnément. On est rejetée.

On se déplace dans des endroits sans nom, des cours, des coins, des hangars.

On s'arrête, on va à la cantine. On revient après. Les dents mordent, la viande morte est avalée. On ne mange pas. Où est le goût ? On est pénétrée par les odeurs. Tout est déjà mâché.

Au café, avant d'entrer, il y a toujours cette musique. Musique et poussière, et la glace au-dessus du comptoir. On boit un café pendant que la musique passe et s'en va. On donne l'argent, ensuite on entre dans l'usine.

On a un tablier qui entoure le corps.

On est près d'une fenêtre, on fait des câbles. Bien sûr, on peut mourir. La fenêtre ouverte, les câbles. L'air bouge doucement, on flotte un peu.

Très souvent, on se regarde, dans une glace, un miroir de poche, un reflet. On se regarde, on se regarde. L'image est toujours là.

On prend le vélo à cinq heures du matin, dans le noir. On arrive, on voit l'usine, de l'autre côté du pont. On dirait qu'elle est posée sur l'eau. On y va. L'excès-l'usine.

Des bidons, des fils, des tôles sont empilés. Pièce et morceaux, l'usine. Les endroits sont informes, il y a beaucoup de coins. Dans la cour, de la terre, de l'herbe, et toute cette ferraille entassée.

On prend le vélo, à cinq heures du matin. On part. Le vélo est léger, on le tient bien, on avance. Quand on arrive, l'usine est chaude. On a très froid.

Elle est là, entière, pièces et morceaux. L'usine. Il n'y a pas de sens, elle tourne. Et monte et descend et à droite et à gauche et en tôle et en brique et en pierre et l'usine. Et sons et bruits. Pas de cris. L'usine. Morceaux et pièces. Clous et clous. Tôle, vous comprenez ? Mou et gras. Glisse et dur. On ne sait pas, on ne peut pas savoir.

Il n'y a aucune image, jamais.

Dans la cour, de l'herbe au milieu de la ferraille. L'herbe pousse très bien, très verte. La ferraille est en tas.

On boit, c'est normal. Les mots ouvrent l'infini. Dieu existe, l'usine. Il n'y a pas d'histoire. C'est la terreur.

On ne sait rien faire.

On monte une boîte de vitesses.

Leslie Kaplan, *L'Excès-l'usine* [1982], P.O.L., « Poésie », 1994.

Maylis de Kerangal, *Naissance d'un pont*

Née en 1967, Maylis de Kerangal obtient le prix Médicis pour *Naissance d'un pont* en 2010. À l'heure de la mondialisation, ce roman raconte, à la manière d'une épopée, la construction d'un pont dans la ville fictive de Coca, aux États-Unis, à la frontière du Mexique. L'extrait se situe au début du roman : le groupement de sociétés Pontoverde vient officiellement de remporter l'appel d'offres pour la construction du pont.

Le concours avait imposé un calendrier infernal et mis sous pression des centaines de personnes dans le monde entier. Il y eut de l'excitation et il y eut de la casse. Les ingénieurs marnaient[1] quinze heures par jour et le reste du temps vivaient le BlackBerry ou le iPhone vissé à l'oreille, le son augmenté quand ils

1. **Marnaient** : travaillaient dur (populaire et vieilli).

passaient sous la douche, quand ils se défonçaient au squash ou au tennis, le vibreur à fond quand ils allaient au cinéma, et très peu y allaient car ne pensaient qu'à ça, ce putain de pont, cette putain de propale[1], devenaient obsessionnels, s'exceptaient de la vie. Les semaines filaient, les enfants s'éloignaient, les maisons s'encrassaient, et eux ne touchèrent bientôt plus d'autres corps que les leurs. Il y eut du surmenage, des dépressions, des fausses couches et des divorces, des enlacements sexuels dans les *open space*[2], mais ça ne rigolait pas, ce n'était pas ludique, juste une occasion, des larrons[3], et l'incapacité de résister à une promesse de plaisir quand la nuque craque et que les yeux ont cramé douze heures sur des tableaux Excel, poussées de fièvres converties en coïts[4] rapides, un peu n'importe quoi, et finalement, bien qu'atrocement déçus à l'annonce de la proclamation, les recalés furent soulagés de s'en tenir là : ils avaient vieilli, ils étaient épuisés, nazes[5], morts, sans plus de jus que celui des larmes de fatigue qu'ils laissaient couler une fois seuls en voiture au retour du boulot, quand la radio passait un air de rock, un morceau gorgé de jeunesse et d'envie de s'éclater, *Go Your Own Way* de Fleetwood Mac ou n'importe quoi des Beach Boys, et la nuit venue quand ils se garaient dans leur garage, ils ne sortaient pas tout de suite mais restaient dans le noir, feux éteints et mains sur le volant, et projetaient soudain de tout laisser tomber, de vendre la baraque, de rembourser les crédits, hop tout le monde pieds nus dans la bagnole et en route pour la Californie.

Les autres, ceux qui travaillaient pour Pontoverde, rentrèrent chez eux le soir de la proclamation, victorieux, la niaque[6], ils avaient un pont à construire, leurs corps en santé incarnaient le progrès, leurs mains impliquées apportaient une pierre à

---

1. **Propale** : proposition commerciale répondant à un appel d'offres (familier).
2. ***Open space*** : terme anglais qui désigne un espace semi-ouvert où travaillent plusieurs personnes.
3. Jeu de mots sur l'expression proverbiale « L'occasion fait le larron » qui désigne une opportunité saisie, et sur le sens ancien du mot « larron » qui signifie « séducteur ».
4. **Coïts** : accouplements, copulations.
5. **Nazes** : abîmés, ne valant plus rien (argotique).
6. **Niaque** : combativité, forme (familier).

Groupements de textes

l'édifice, ils savouraient leur place en forme de destin, sûrs à présent d'être des acteurs du monde. Eux aussi s'éternisèrent dans leur véhicule moteur coupé, les yeux rivés sur une feuille de laurier séchée contre le pare-brise et les bras croisés sur le ventre, bien adossés, et eux aussi se tinrent en silence à penser à leur expatriation future, à chiffrer leur carrière qui soudain accélérait parce qu'ils savaient acquiescer à l'opportunité, à évaluer les points qu'ils engrangeraient ainsi avant de rentrer au Siège[1] afin d'y exercer des fonctions supérieures, à prévoir le réaménagement du service qu'ils prendraient en main, et encore à réfléchir au déménagement familial ou à s'imaginer délocalisé célibataire commutant[2] aux vacances scolaires, eux aussi soudain sur le départ, mais ce n'était pas un décrochage de tout, une virée, pas vraiment des vacances, il leur fallait maintenant prendre de l'élan et aller parler à leur femme, annoncer la nouvelle.

Maylis de Kerangal, *Naissance d'un pont* [2010], Gallimard, «Folio», 2012.

Thierry Beinstingel, *Retour aux mots sauvages*

Thierry Beinstingel (né en 1958) explore dans ses romans le monde de l'entreprise dans lequel, par ailleurs, il continue à évoluer. Le personnage principal de *Retour aux mots sauvages*, publié en 2010, est dépourvu de nom, mais pour son travail de téléopérateur, il s'appelle Éric. Une série de suicides vient d'avoir lieu dans l'entreprise, traduisant le mal-être des employés.

Au vingt et unième suicide, tout de même, c'est l'emballement. Ça s'est passé dans les derniers jours d'août, quelqu'un à qui la boîte avait demandé d'« améliorer son comportement ». On voit cela à la télé tous les jours. On l'entend à la radio en venant au boulot le matin. On le lit maintenant quotidiennement dans les journaux que chacun apporte dans la salle de café. Ça fait vraiment drôle, répète inlassablement Maryse. On voit des titres en lettres énormes: «J'ai vu des collègues venir au boulot

1. **Siège**: siège social d'une entreprise où se trouve notamment la direction.
2. **Commutant:** changeant de statut.

en pleurant». On se dit qu'ils charrient[1] tout de même, les journalistes. À l'intérieur, ce sont des témoignages : Serge, Étienne, Gérard, Monique, «des prénoms modifiés et bien sûr pas de photos», annonce l'article. Les situations d'échec, les gens qui craquent, l'augmentation du nombre des arrêts de maladie, c'est exagéré tout ce qu'ils racontent, ajoute Maryse. – Ah bon ? réplique Robert. Tu as oublié Christian ? Et il explique au nouveau que Christian est en arrêt pour dépression depuis plus d'un an. Et moi, je le connais, Christian, un bosseur, pas le genre de type à se laisser aller, on était dans la même équipe de techniciens autrefois. Un type épatant, et il en avait là-dedans. (Il se frappe la tête avec le plat de la main.) Et avant lui, la petite Juliette ? Jamais réapparue. Et même Roland, il en prend des jours de maladie, hein, Roland ? L'interpellé finit d'avaler son quartier de pomme et réplique : C'était une grippe. – Ah oui ? Une grippe qui dure trois semaines ? – Tu pousses un peu de t'en prendre à Roland, dit Maryse. Robert ricane et agite son gobelet vide : T'as rien compris, ma pauvre Maryse, je ne m'en prends pas à Roland, simplement j'en ai marre qu'on dise que tout va bien parce que nous, on a la chance d'avoir un chef sympa et de bien s'entendre. Et d'abord, qui pense à prendre des nouvelles de Christian, hein ? Tu lui téléphones, toi ? Maryse hausse les épaules : Je le connais pas plus que ça. – Eh bien, tu veux que je te dise, c'est l'indifférence qui nous tue, conclut Robert. Le nouveau consulte sa montre : Il faudrait peut-être y retourner. Maryse fait une moue rigolote devant Robert, sa mèche raide et blonde cachant un œil qui papillote : Tu ne m'en veux pas ? – Mais non, dit Robert en haussant les épaules. Tiens, regarde (il embrasse Roland sur le front), il sait bien que je l'aime, mon chauve.

Au retour de la salle de repos, le nouveau passe la porte du plateau le premier : penser à placer de l'Optimum confort[2], un de plus par jour.

Thierry Beinstingel, *Retour aux mots sauvages*,
Librairie Arthème Fayard, 2010.

Groupements de textes

1. **Charrient** : exagèrent (populaire).
2. Formule d'abonnement proposée par l'entreprise.

Étienne Davodeau, *Les Mauvaises Gens*

Étienne Davodeau (né en 1965) écrit et dessine des bandes dessinées. Dans *Les Mauvaises Gens*, il se met lui-même en scène, et retrace la jeunesse de ses parents, dans l'industrie locale des Mauges, près de Cholet, avant de s'engager dans différents mouvements et syndicats.

Étienne Davodeau, *Les Mauvaises Gens*, Delcourt, 2005.

Groupements de textes

Questions sur les groupements de textes

■ Sur la route, le personnage itinérant en littérature

a. Les extraits présentent tous des personnages itinérants, sillonnant des pays différents à diverses époques. Précisez ce que représentent la route et le voyage pour chacun d'eux, en accordant une importance particulière au registre de chaque extrait.

b. Visionnez la bande-annonce des films *Sur la route de Madison* de Clint Eastwood (1995) et *Sur la route* de Walter Salles (2012) en vous rendant sur le site www.allocine.fr. Vous confronterez ensuite la figure du personnage itinérant dans les deux films.

■ Écrire le travail aux xxe et xxie siècles

a. Les textes du groupement évoquent le monde du travail au tournant des xxe et xxie siècles. Dites quelle image est donnée du rapport entre l'homme et le travail dans l'ensemble des extraits.

b. À l'aide d'un moteur de recherche, sélectionnez des images permettant d'illustrer l'un des textes du groupement, puis composez un diaporama. Présentez votre travail à l'ensemble de la classe en accompagnant la projection du diaporama d'une lecture à voix haute du texte choisi.

Vers l'écrit du Bac

L'épreuve écrite du Bac de français s'appuie sur un corpus (ensemble de textes et de documents iconographiques). Le sujet se compose de deux parties : une ou deux questions portant sur le corpus puis trois travaux d'écriture au choix (commentaire, dissertation, écriture d'invention).

Sujet **Dire la solitude dans les romans contemporains**

Objet d'étude *Le personnage de roman, du XVIIe siècle à nos jours*

Corpus

Texte A Philippe Forest, *Toute la nuit*

Texte B Emmanuel Carrère, *L'Adversaire*

Texte C Christian Oster, *Une femme de ménage*

Texte D Élisabeth Filhol, *La Centrale*

Texte A

Philippe Forest, *Toute la nuit* (1999)

Dans son roman *Toute la nuit*, Philippe Forest revient sur les mois qui ont suivi la mort de sa fille Pauline, décédée d'un cancer à l'âge de quatre ans, et sur le deuil impossible de cet enfant. Il s'agit ici des premières lignes du prologue entièrement rédigé en italique.

Personne, là-bas, ne nous appelle au matin de sa voix douce du réveil. Personne, avec prudence, ne descend une à une les marches rouges de l'escalier de bois (du côté de la rampe inutile, sa main gauche, légèrement tournée vers l'intérieur, pend le long de sa hanche, et de sa main droite, elle s'appuie, attentive, au mur blanc). Personne, ayant hésité un instant, ne pousse la porte de notre chambre (son visage glisse dans l'embrasure[1]*, elle penche la tête puis s'approche, sa silhouette apparaît). Personne ne pénètre dans le lit chaud, ne repousse le lourd édredon bleu (elle creuse doucement un espace entre nos membres, nos épaules, elle réclame sa part de l'oreiller où elle pose son crâne nu). Personne n'offre ses joues, son front à nos baisers, à nos caresses (elle se recroqueville en souriant, pressant contre nos flancs*[2] *ses genoux, ses coudes, sur le matelas trop étroit). Personne ne nous précède à la cuisine, dans le salon (elle escalade sa chaise, se juche*[3] *sur le coussin qui la porte à hauteur de la table et dit quelques mots, qu'elle a bien dormi, qu'elle n'a pas eu mal, qu'elle ne se souvient pas même du moment où l'un de nous a porté jusqu'à sa chambre les médicaments de la nuit).*

Philippe Forest, *Toute la nuit*, 1999.

Texte B

Emmanuel Carrère, *L'Adversaire* (2000)

Emmanuel Carrère s'est lancé dans la rédaction de *L'Adversaire* après la révélation des crimes commis par Jean-Claude Romand en 1993. Sur le point d'être démasqué après dix-huit ans de mensonge pendant lesquels il a fait croire qu'il exerçait en tant que médecin, cet homme a préféré tuer sa femme, ses deux enfants et ses parents plutôt que de

---

1. **Embrasure** : ouverture.
2. **Flancs** : côtés.
3. **Se juche** : se perche.

devoir avouer le vide sur lequel il avait construit son existence. Dans cet extrait, Emmanuel Carrère se met dans les pas de son personnage, et découvre les lieux où il a vécu. Il s'interroge sur les pensées intimes de Jean-Claude Romand à partir de sa propre expérience.

Divonne est une petite station thermale proche de la frontière suisse, réputée surtout pour son casino. J'y ai situé autrefois quelques pages d'un roman[1] sur une femme qui menait une double vie en cherchant à se perdre dans le monde du jeu. Ce roman se voulait réaliste et documenté mais, faute d'avoir visité tous les casinos dont je parlais, j'ai écrit que Divonne est au bord du lac Léman, distant en réalité d'une dizaine de kilomètres. Il y a bien quelque chose qu'on appelle un lac, mais ce n'est qu'un petit plan d'eau devant lequel se trouve un parking où il stationnait souvent. J'y ai stationné, moi aussi. C'est le souvenir le plus net que je garde de mon premier voyage sur les lieux de sa vie. Il n'y avait que deux autres voitures, inoccupées. Il ventait. J'ai relu la lettre qu'il m'avait écrite pour me guider, regardé le plan d'eau, suivi dans le ciel gris le vol d'oiseaux dont je ne connaissais pas les noms – je ne sais reconnaître ni les oiseaux ni les arbres et je trouve ça triste. Il faisait froid. J'ai remis le contact pour avoir du chauffage. La soufflerie m'engourdissait. Je pensais au studio où je vais chaque matin après avoir conduit les enfants à l'école. Ce studio existe, on peut m'y rendre visite et m'y téléphoner. J'y écris et rafistole des scénarios qui en général sont tournés. Mais je sais ce que c'est de passer toutes ses journées sans témoin : les heures couché à regarder le plafond, la peur de ne plus exister. Je me demandais ce qu'il ressentait dans sa voiture. De la jouissance ? une jubilation[2] ricanante à l'idée de tromper si magistralement[3] son monde ? J'étais certain que non. De l'angoisse ? Est-ce qu'il imaginait comment tout cela se terminerait, de quelle façon éclaterait la vérité et ce qui se passerait ensuite ? Est-ce qu'il pleurait, le front contre le volant ? Ou bien est-ce qu'il ne ressentait rien du tout ? Est-ce que, seul, il devenait une machine à conduire, à marcher, à lire, sans vraiment penser ni sentir, un docteur Romand

1. Il s'agit de *Hors d'atteinte ?*, publié en 1988.
2. **Jubilation** : joie intense et débordante.
3. **Magistralement** : avec beaucoup d'habileté, de maîtrise.

résiduel et anesthésié ? Un mensonge, normalement, sert à recouvrir une vérité, quelque chose de honteux peut-être mais de réel. Le sien ne recouvrait rien. Sous le faux docteur Romand il n'y avait pas de vrai Jean-Claude Romand.

Emmanuel Carrère, *L'Adversaire*, 2000.

Texte C

Christian Oster, *Une femme de ménage* (2001)

Le personnage principal d'*Une femme de ménage* est un homme banal. Seul depuis six mois, après le départ de sa compagne, il décide d'embaucher une femme de ménage. Il s'agit ici de l'incipit du roman.

J'avais pris une femme de ménage. Elle était entrée dans ma vie comme ça, parce que j'avais tiré sur une petite languette, à la pharmacie. C'était la dernière des six qu'elle avait prédécoupées au bas de son annonce, scotchée sur la vitrine. Une petite languette de papier verticale, avec les huit chiffres superposés de son numéro de téléphone. Toutes les languettes qui m'eussent intéressé, sauf la sienne, sa petite dernière, donc, avaient été arrachées. Et je m'étais dit qu'il était grand temps que je m'y arrête, devant cette vitrine.

L'annonce, de type généraliste, concernait des heures de ménage et de baby-sitting. Je ne l'aurais pas prise pour baby-sitter, celle-là, bien sûr. Non que ce soit un métier, baby-sitter, mais tout de même. Je n'imaginais point qu'on pouponnât en passant l'aspirateur. En revanche, je voulais bien qu'une baby-sitter discutable, mal capable de lâcher son chiffon pour prévenir un pleur, fît chez moi un peu de ménage, oui. Ça ne raiera pas spécialement mes meubles, m'étais-je dit. Et ça ne tuera pas l'enfant que je n'ai pas fait à Constance. Parce que c'est à cause de Constance, tout ça. Sans elle, je n'aurais jamais tiré sur cette languette.

J'avais attendu six mois. Six mois sans ménage, six mois sans Constance. Une femme qui m'avait occupé l'esprit et le cœur, sans cesse, et qu'il me suffisait de voir ou d'évoquer pour me dire que la vie avait une forme. D'où l'inutilité de ranger, désormais, chez moi. De maintenir l'ordre. De passer l'aspirateur.

Du temps de Constance, au reste, je ne voyais pas la poussière, c'est elle qui m'avait montré, un jour. Avec l'index, sur le dessus d'une commode. Difficile de nier. D'accord, avais-je dit. Et j'avais passé l'aspirateur. Puis repassé. Je détestais. Constance aussi. On détestait passer l'aspirateur, tous les deux. On s'aimait.

Et il y a ce jour où ça s'arrête. On ne pense plus à elle. Plus de la même façon. C'est une femme lointaine, maintenant, une femme du passé dont l'image, oui. S'estompe. Ce qu'elle nous laisse, maintenant, c'est, oui. Évidemment. Un vide. Un vide infiniment pénible et triste, mais un vide, seulement. Pas une forme, pas quelque chose qui blesse, qui bouge et qui en bougeant blesse, comme un corps à l'intérieur du corps, qui donnerait des coups de coude. Plus rien qu'un vide, une plaie refermée sur du vide. Et on vit avec. On s'y fait. On est juste moins fort, moins musclé, maintenant. Avec un peu de graisse autour de ce vide, donc. Parce qu'on mange mieux. Davantage. D'où les miettes, dans la cuisine. Qu'on finit par remarquer, même. Parce que ça suffit.

Assez des assiettes sales, aussi, des verres pas nets. Des réserves moisies. Des traces de gras. Des empilements, dans le salon. De lever la jambe, toujours plus haut, pour se frayer un chemin jusqu'au fauteuil. Du lit ouvert, toujours, sur ces draps qui grisonnent. Des lames, celles du rasoir, qui ne coupent plus. Des casseroles fichues. De la télé branchée sur rien, la nuit. Des rideaux tirés. Du manque d'air.

J'avais donc besoin d'ordre. Mais pas le courage pour, non. L'aspirateur, le tuyau, l'embout, la prise, non. Trop tôt. J'avais juste l'envie de propre. Alors je l'avais appelée, cette, comment dire. J.F.[1] Pas au secours. À l'aide, oui, un peu.

Je dis J.F. parce que ce n'était pas tout à fait une jeune femme, encore. Seulement deux initiales sur un papier, deux initiales en voie de développement qui réclamaient quelques signes supplémentaires, tangibles[2], afin qu'elles s'incarnent.

Christian Oster, *Une femme de ménage*, 2001.

---

1. **J.F.**: abréviation pour « Jeune Femme », que l'on trouve fréquemment dans les petites annonces.
2. **Tangibles**: palpables, concrets.

◗ Texte D

Élisabeth Filhol, *La Centrale* (2010)

Le roman d'Élisabeth Filhol évoque les travailleurs intérimaires employés dans les centrales nucléaires et donne la parole à Yann, le personnage principal. Ce dernier a dépassé son quota d'irradiation et ne peut plus entrer dans la centrale. Il se souvient alors de ses premières missions, avec son ami Loïc depuis disparu.

Notre carrière dans le nucléaire a commencé là-bas, sur les rives de la Gironde, formation théorique et entraînement sur le simulateur, jusqu'au jour de la première intervention. À deux on se serre les coudes, on se jette plus facilement à l'eau. Et le regard du copain compte alors autant dans la volonté de bien faire que la conscience qu'on a des enjeux. De cette première fois, de l'épreuve d'avoir été jetés ensemble dans le grand bain, on en reparlera souvent, pour consolider ce qui existe, ou pour jouir que ça existe, un lien solide qui éclaire tout d'une lumière différente et rend beaucoup de situations vivables. Donc le Blayais en juin. Puis Nogent-sur-Seine, Cruas, et Civaux sur la Vienne. À Civaux, pour Loïc, ça s'est mal passé. Moins de huit jours après le début des travaux, il s'est vu retirer son habilitation, sanctionné pour faute grave, et l'agence l'a expédié à la centrale de Saint-Laurent sur la Loire nettoyer les tours réfrigérantes. Le détartrage des tours, il n'y a pas pire. Dans la chaleur du mois d'août, au milieu des amibes[1] et des légionelles[2], et des produits chlorés[3] qu'on manipule, c'est du sale boulot. Au bout de deux semaines, les gars n'aspirent plus qu'à une chose, travailler à l'intérieur, entrer en zone contrôlée; quand on leur délivre les autorisations d'accès, ils vivent ça comme une promotion, d'accord ils vont prendre des doses, mais ça ne se voit pas et le travail est propre.

Loïc sur les tours, direction Saint-Pierre-des-Corps, changement pour Blois et Saint-Laurent. Je reste à Civaux jusqu'à la fin

---

1. **Amibes**: êtres vivants constitués d'une seule cellule, qui évoluent dans les milieux humides et peuvent parasiter l'Homme.
2. **Légionelles**: bactéries se développant dans les eaux entre 25 °C et 50 °C et pouvant entraîner une maladie pulmonaire grave chez l'Homme.
3. **Chlorés**: contenant du chlore, produit chimique à l'odeur suffocante.

de la mission. À la veille de son départ, la rumeur qui circulait depuis quelques jours gagne du terrain : l'intervention sur le générateur aurait mal tourné, devant l'emballement de son dosimètre, il aurait lâché ses collègues et déserté le chantier. J'attends qu'il me donne sa version des faits, qu'il sorte de son silence et me rassure, en vain. Poitiers, place de la Gare. C'est ici qu'on se sépare après six années d'aventures communes, à faire les mêmes choix plus ou moins éclairés, à filer sur les mêmes routes, à négliger les erreurs de pilotage – ou parce que faites à deux et de concert[1], à se convaincre qu'elles n'en sont pas –, à bâtir ensemble des plans sur la comète, moi toujours un peu à la remorque[2] par respect du droit d'aînesse[3], les deux années d'avance qu'il a sur moi à la naissance, mais deux fugues et autant de redoublements, on fera connaissance au lycée Colbert à Lorient, sur les bancs de la terminale STI génie électronique, à la rentrée de septembre 2000. Six ans plus tard, place de la Gare à Poitiers, refus de sa part que je descende, ça tourne court, la voiture en double file, son sac pris vite fait sur l'épaule et le claquement du coffre qui vaut signal de départ ; après on revoit les images, l'encombrement des rues ce vendredi soir, le siège vide au retour côté passager et le temps qu'il faudra pour s'y faire. Dans la chambre d'hôtel, deux lits dont un ne sert plus à rien, des affaires qu'il a laissées, qu'il devait reprendre, que j'ai toujours. Trop d'espace. Et le bruit des voisins que je n'entendais pas avant, sauf à de rares occasions, et alors comme des bribes d'une vie lointaine taillées chez nous dans le flot continu des paroles – les nôtres, ou celles de la télévision, ou l'empilement des deux. La chambre devenue trop grande. Je ne dois pas m'en plaindre. Au mois d'août, beaucoup de travailleurs ont du mal à se loger. Déjà en temps normal, c'est difficile. Le stress de finir loin, ou cher, ou entassés les uns sur les autres.

Élisabeth Filhol, *La Centrale*, 2010.

1. **De concert** : en accord.
2. **À la remorque** : derrière, se laissant diriger.
3. **Droit d'aînesse** : droit qui donne la priorité à l'aîné, au plus âgé.

Questions sur le corpus

(4 points pour les séries générales ou 6 points pour les séries technologiques)

1. Par quels signes concrets se traduit la solitude du personnage dans chacun des extraits ? Vous répondrez à cette question en prenant appui sur des éléments précis du texte et vous rappellerez l'événement qui a conduit le personnage à cette situation.

2. Comment chaque auteur, par des procédés d'écriture qui lui sont propres, parvient-il à dire la solitude du personnage ?

Travaux d'écriture

(16 points pour les séries générales ou 14 points pour les séries technologiques)

Commentaire (séries générales)

Vous ferez le commentaire de l'extrait de *La Centrale* d'Élisabeth Filhol (texte D).

Commentaire (séries technologiques)

Vous ferez le commentaire de l'extrait de *L'Adversaire* d'Emmanuel Carrère (texte B).
Vous pourrez vous aider du parcours de lecture suivant :
– dans un premier temps, vous étudierez les rapports entre l'écrivain et son personnage ;
– puis, dans un second temps, vous vous consacrerez à l'impossibilité de cerner l'intériorité de Jean-Claude Romand.

Dissertation

Le personnage solitaire peut-il être un héros de roman ? Vous répondrez à cette question en vous appuyant sur les textes du corpus, sur ceux que vous avez étudiés en classe et sur vos lectures personnelles.

Écriture d'invention

Chacun de ces extraits explore une forme de solitude. À votre tour, vous imaginerez une situation romanesque dans laquelle un personnage sera en proie à l'isolement, à cause d'une rupture, d'un abandon, d'un deuil, ou d'une autre situation.

Fenêtres sur…

Des ouvrages à lire

Un autre roman autour du nucléaire

- Robert Merle, *Malevil* [1972], Gallimard, « Folio », 1983.

Des romans et une B.D. sur le travail

- Émile Zola [1885], *Germinal*, Gallimard, « Folio classique », 1999.
- Thierry Beinstingel [2010], *Retour aux mots sauvages*, LGF, « Le livre de poche », 2012.
- Maylis de Kerangal [2010], *Naissance d'un pont*, Gallimard, « Folio », 2012.
- Étienne Davodeau [2005], *Les Mauvaises Gens*, Delcourt, 2005.

Un témoignage et un ouvrage documentaire sur le nucléaire

- Claude Dubout, *Je suis décontamineur dans le nucléaire*, Éditions Paulo Ramand, 2010.
- Paul Reuss, *L'Énergie nucléaire*, PUF, « Que sais-je ? », 2012.

Des films et des documentaires à voir

(Toutes les œuvres citées ci-dessous sont disponibles en DVD.)

- *Metropolis*, film de Fritz Lang, 1927.
- *Hiroshima mon amour*, film d'Alain Resnais, adapté du roman de Marguerite Duras, 1959.
- *Rêve d'usine*, documentaire de Luc Decaster, 2003.
- *Ils ne mourraient pas tous mais tous étaient frappés*, documentaire de Sophie Bruneau et Marc-Antoine Roudil, 2006.
- *Entre nos mains*, documentaire de Mariana Otero, 2010.
- *Grand Central*, film de Rebecca Zlotowski librement inspiré du roman d'Élisabeth Filhol, avec Olivier Gourmet, Tahar Rahim et Léa Seydoux, 2013.

Des œuvres d'art à découvrir

(Toutes les œuvres ci-dessous peuvent être vues sur Internet.)

- Salvador Dalí, *Uranium et Idylle atomique mélancolique*, huile sur toile, 1945.
- Salvador Dalí, *La Séparation de l'atome* ou *La Dématérialisation du nez de Néron*, huile sur toile, 1947.
- Salvador Dalí, *La Madone de Raphaël à la vitesse maximum*, huile sur toile, 1954.
- Raymond Depardon, « Centrale nucléaire de Neuvy-sur-Loire » dans *La France de Raymond Depardon*, photographie, 2009.

@ Des sites Internet à consulter

Pour écouter une interview d'Élisabeth Filhol

http://www.pol-editeur.com/index.php?spec=livre&ISBN=978-2-84682-342-5

Pour voir Élisabeth Filhol lire un passage de *La Centrale*

http://www.pol-editeur.com/index.php?spec=auteur&numpage=12&numrub=3&numcateg=2&numsscateg=&lg=fr&numauteur=6000

Pour visionner des extraits de deux documentaires sur le nucléaire

- *RAS nucléaire, rien à signaler* d'Alain de Halleux, diffusé sur Arte, 2009 : https://www.youtube.com/watch?v=TnQG-DJW7lk
- *Le nucléaire, une exception française ?* de Frédéric Biamonti, diffusé sur France 3, 2013 : https://www.youtube.com/watch?v=EMEyA4q6RqA

Glossaire littéraire

Analepse : retour en arrière dans un récit, équivalent du *flash-back* au cinéma.

Discours direct : se dit lorsque les paroles prononcées sont rapportées telles quelles, à l'aide de verbes introducteurs et de signes de ponctuation (tiret, deux points, guillemets).

Discours direct libre : se dit lorsque les paroles sont rapportées telles quelles mais sans éléments distinctifs (verbe introducteur, guillemets...).

Discours indirect : se dit lorsque les paroles sont rapportées dans une proposition subordonnée, modifiant ainsi généralement les pronoms personnels, le temps des verbes, la modalité de la phrase, les indicateurs spatio-temporels.

Discours indirect libre : se dit lorsque les paroles sont rapportées indirectement mais sans être introduites par une proposition principale.

Docufiction : documentaire-fiction, mot-valise pour désigner un mélange de documentaire et de fiction, au cinéma particulièrement.

Ellipse : procédé rhétorique consistant à passer sous silence une partie de l'action et permettant ainsi d'accélérer le rythme du récit.

Essai : texte d'idées, en prose, de forme assez libre, dans lequel l'auteur peut manifester sa réflexion, à la première personne du singulier

Explicit : fin d'un récit.

Focalisation : aussi appelée « point de vue », la focalisation définit le regard à travers lequel une histoire est racontée. Elle peut être :
- **externe** : les événements et les personnages sont vus de l'extérieur ;
- **interne** : les événements et les personnages sont vus à travers le regard d'un personnage défini ;
- **omnisciente ou zéro** : le narrateur voit et sait absolument tout.

Incipit : début d'un récit (en latin, le mot signifie « il commence »).

Leitmotiv : motif, idée ou phrase, qui revient à plusieurs reprises.

Lyrisme : registre exprimant les sentiments sur un mode musical, poétique. Il se caractérise par l'utilisation de la première personne du singulier, les marques de la subjectivité et l'expression des sentiments.

Objectivité : qualité de ce qui est exprimé sans jugement, sans parti pris.

Pathétique : registre exprimant les émotions propres à la souffrance, au bouleversement face à une situation douloureuse, en utilisant des procédés expressifs qui amplifient l'émotion (hyperboles, phrases exclamatives et interrogatives…).

Phrase nominale : phrase qui ne contient pas de verbe conjugué.

Subjectivité : qualité de ce qui est propre à un sujet, un individu, une conscience et qui influence donc la perception donnée du monde.

Glossaire technique

Absorbeur de neutrons : élément, comme le bore ou le cadmium, utilisé pour absorber les neutrons et permettre ainsi de contrôler la réaction de fission nucléaire en chaîne, voire de maintenir le réacteur à l'arrêt.

Aéroréfrigérant : tour de refroidissement (voir schéma p. 10).

Arrêt de tranche : arrêt périodique de la production d'électricité dans un réacteur.

Atome : particule infiniment petite qui constitue la matière ; c'est la fission du noyau d'un atome, sous l'impact d'un neutron, qui génère une réaction en chaîne, à l'origine de la création d'énergie nucléaire.

Circuit primaire : circuit fermé contenant l'eau chauffée dans la cuve du réacteur au contact des éléments combustibles (voir schéma p. 10).

Circuit secondaire : circuit fermé dans lequel l'eau du circuit primaire est transformée, grâce au générateur de vapeur, en vapeur qui vient alimenter une turbine pour produire de l'électricité (voir schéma p. 10).

Combustible : matière qui, au cœur du réacteur, permet d'entretenir la réaction en chaîne à l'origine de la production d'énergie (voir schéma p. 10).

Dose : quantité maximale admissible de rayonnements radioactifs reçus.

Dosimètre: appareil permettant de mesurer la quantité de rayonnements radioactifs absorbée par le corps humain.

Échelle INES: échelle internationale qui mesure le degré de gravité des événements nucléaires.

Effet Tcherenkov: phénomène lumineux, similaire à une onde de choc, produit par des particules chargées se déplaçant dans l'eau plus vite que la lumière et qui donne à la piscine du réacteur sa couleur bleue caractéristique; ce phénomène porte le nom du physicien russe Pavel Tcherenkov (1904-1990) couronné par le prix Nobel de physique en 1958 pour cette découverte et pour son interprétation.

Enceinte de confinement: enceinte de protection, structure qui isole le réacteur nucléaire afin de limiter les fuites radioactives en cas d'accident grave (voir schéma p. 10).

EPR (en anglais) ou **REP** (en français): Réacteur à Eau Pressurisée, type de réacteur (voir schéma p. 10).

Fission nucléaire: fission du noyau d'uranium, sous l'impact d'un neutron, qui génère une réaction en chaîne, à l'origine de la création d'énergie nucléaire.

Générateur de vapeur: dispositif servant à échanger la chaleur entre l'eau du circuit primaire et l'eau du circuit secondaire qui alimente la turbine (voir schéma p. 10).

Irradiation: exposition aux rayonnements radioactifs.

Millisievert: unité de mesure évaluant l'impact des rayonnements radioactifs sur le corps humain.

Modérateur: élément, comme le carbone (graphite) ou l'hydrogène (eau), utilisé pour ralentir la vitesse des neutrons sans les absorber et permettre ainsi une réaction de fission nucléaire en chaîne efficace.

Neutron: particule élémentaire, constitutive du noyau de l'atome et jouant un rôle essentiel dans la réaction de fission à l'origine de la création d'énergie nucléaire.

Piscine: bassin d'eau servant à refroidir le combustible usé avant qu'il ne soit stocké ou recyclé.

Plutonium : élément radioactif, produit dans le cœur du réacteur, utilisé dans la fabrication de certaines armes nucléaires.

Radioactivité : propriété de certains éléments physiques, comme l'uranium, dont le noyau atomique se fissure et se transforme en dégageant une forte énergie sous la forme de rayonnements radioactifs qui peuvent s'avérer néfastes pour l'organisme.

Radioprotection : ensemble des mesures de protection prises contre les effets des rayonnements radioactifs.

Réacteur : dispositif dans lequel une réaction de fission nucléaire est produite et dirigée (voir schéma p. 10).

Rem : ancienne unité de mesure évaluant l'impact des rayonnements radioactifs sur le corps humain.

Tranche : unité de production électrique dans une centrale nucléaire.

Turboalternateur : association d'une turbine et d'un alternateur, qui permet de transformer la puissance d'un liquide en électricité (voir schéma p. 10).

Uranium : élément radioactif naturel qui constitue le combustible nucléaire le plus courant.

Notes

Notes

Dans la même collection

CLASSICOCOLLÈGE

14-18 Lettres d'écrivains (anthologie) (1)
Contes (Andersen, Aulnoy, Grimm, Perrault) (93)
Douze nouvelles contemporaines (anthologie) (119)
Fabliaux (94)
La Farce de maître Pathelin (75)
Gilgamesh (17)
Histoires de vampires (33)
Les Mille et Une Nuits: Aladin, Ali Baba, Sindbâd (156)
La Poésie engagée (anthologie) (31)
La Poésie lyrique (anthologie) (49)
Le Roman de Renart (50)
Les textes fondateurs (anthologie) (123)
Neuf nouvelles réalistes (anthologie) (125)
Jean Anouilh – *Le Bal des voleurs* (78)
Guillaume Apollinaire – *Calligrammes* (2)
Louis Aragon – *Le Collaborateur et autres nouvelles sur la guerre* (142)
Honoré de Balzac – *Le Colonel Chabert* (57)
René Barjavel – *Le Voyageur imprudent* (141)
James Matthew Barrie – *Peter Pan* (165)
Béroul – *Tristan et Iseut* (61)
Ray Bradbury – *Fahrenheit 451* (152)
Évelyne Brisou-Pellen – *Thésée, Ariane et le Minotaure* (158)
Albert Camus – *Le Malentendu* (114)
Lewis Carroll – *Alice au pays des merveilles* (53)
Driss Chraïbi – *La Civilisation, ma Mère!...* (79)
Chrétien de Troyes – *Érec et Énide* (144)
Chrétien de Troyes – *Lancelot ou le Chevalier de la charrette* (109)
Chrétien de Troyes – *Yvain ou le Chevalier au lion* (3)
Jean Cocteau – *Antigone* (96)
Albert Cohen – *Le Livre de ma mère* (59)
Corneille – *Le Cid* (41)
Didier Daeninckx – *Meurtres pour mémoire* (4)
Dai Sijie – *Balzac et la Petite Tailleuse chinoise* (116)
Annie Ernaux – *La Place* (82)
Georges Feydeau – *Dormez, je le veux!* (76)
Gustave Flaubert – *Un cœur simple* (77)
Romain Gary – *La Vie devant soi* (113)
Théophile Gautier – *La Morte amoureuse et autres nouvelles fantastiques* (146)
Jean Giraudoux – *La guerre de Troie n'aura pas lieu* (127)
William Golding – *Sa Majesté des Mouches* (5)
Jacob et Wilhelm Grimm – *Contes* (73)
Homère – *L'Odyssée* (14)

Victor Hugo – *Claude Gueux* (6)
Victor Hugo – *Les Misérables* (110)
Joseph Kessel – *Le Lion* (38)
Joseph Kessel – *Une balle perdue* (167)
Rudyard Kipling – *Le Livre de la Jungle* (133)
Jean de La Fontaine – *Fables* (74)
J.M.G. Le Clézio – *Mondo et trois autres histoires* (34)
Mme Leprince de Beaumont – *La Belle et la Bête* (140)
Jack London – *L'Appel de la forêt* (30)
Guy de Maupassant – *Histoire vraie et autres nouvelles* (7)
Guy de Maupassant – *Le Horla* (54)
Guy de Maupassant – *Nouvelles réalistes* (97)
Prosper Mérimée, Théophile Gautier, Guy de Maupassant – *La Vénus d'Ille et autres nouvelles fantastiques* (136)
Marivaux – *L'Île des esclaves* (139)
Molière – *L'Avare* (51)
Molière – *Le Bourgeois gentilhomme* (62)
Molière – *Les Fourberies de Scapin* (9)
Molière – *George Dandin* (115)
Molière – *Le Malade imaginaire* (42)
Molière – *Le Médecin malgré lui* (13)
Molière – *Le Médecin volant et L'Amour médecin* (52)
Jean Molla – *Felicidad* (168)
Jean Molla – *Sobibor* (32)
Michael Morpurgo – *Cheval de guerre* (154)
Jean-Claude Mourlevat – *Terrienne* (159)
George Orwell – *La Ferme des animaux* (130)
Ovide – *Les Métamorphoses* (37)
Charles Perrault – *Contes* (15)
Edgar Allan Poe – *Trois nouvelles extraordinaires* (16)
Jules Romains – *Knock ou le Triomphe de la médecine* (10)
Edmond Rostand – *Cyrano de Bergerac* (58)
Antoine de Saint-Exupéry – *Lettre à un otage* (11)
William Shakespeare – *Roméo et Juliette* (70)
Sophocle – *Antigone* (81)
John Steinbeck – *Des souris et des hommes* (100)
Robert Louis Stevenson – *L'Étrange Cas du Dr Jekyll et de M. Hyde* (155)
Robert Louis Stevenson – *L'Île au Trésor* (95)
Jonathan Swift – *Gulliver. Voyage à Lilliput* (151)
Jean Tardieu – *Quatre courtes pièces* (63)
Michel Tournier – *Vendredi ou la Vie sauvage* (69)
Mark Twain – *Les Aventures de Tom Sawyer* (150)
Fred Uhlman – *L'Ami retrouvé* (80)
Paul Verlaine – *Romances sans paroles* (12)
Jules Verne – *Le Tour du monde en 80 jours* (166)
Anne Wiazemsky – *Mon enfant de Berlin* (98)
Émile Zola – *Au Bonheur des Dames* (128)

CLASSICOLYCÉE

Des poèmes et des rêves (anthologie) (105)
Guillaume Apollinaire – *Alcools* (25)
Honoré de Balzac – *La Fille aux yeux d'or* (120)
Honoré de Balzac – *Le Colonel Chabert* (131)
Honoré de Balzac – *Le Père Goriot* (99)
Charles Baudelaire – *Les Fleurs du mal* (21)
Charles Baudelaire – *Le Spleen de Paris* (87)
Beaumarchais – *Le Barbier de Séville* (138)
Beaumarchais – *Le Mariage de Figaro* (65)
Ray Bradbury – *Fahrenheit 451* (66)
Albert Camus – *La Peste* (90)
Emmanuel Carrère – *L'Adversaire* (40)
Blaise Cendrars – *Prose du Transsibérien et autres poèmes* (147)
Corneille – *Le Cid* (129)
Corneille – *Médée* (84)
Dai Sijie – *Balzac et la Petite Tailleuse chinoise* (28)
Robert Desnos – *Corps et Biens* (132)
Denis Diderot – *Supplément au Voyage de Bougainville* (56)
Alexandre Dumas – *Pauline* (121)
Marguerite Duras – *Le Ravissement de Lol V. Stein* (134)
Marguerite Duras – *Un barrage contre le Pacifique* (67)
Paul Éluard – *Capitale de la douleur* (91)
Annie Ernaux – *La Place* (35)
Élisabeth Filhol – *La Centrale* (112)
Francis Scott Fitzgerald – *Gatsby le magnifique* (104)
Gustave Flaubert – *Madame Bovary* (89)
François Garde – *Ce qu'il advint du sauvage blanc* (145)
Romain Gary – *La Vie devant soi* (29)
Romain Gary – *Les Cerfs-volant* (157)
Jean Genet – *Les Bonnes* (45)
Jean Giono – *Un roi sans divertissement* (118)
J.-Cl. Grumberg, Ph. Minyana, N. Renaude – *Trois pièces contemporaines* (24)
Victor Hugo – *Anthologie poétique* (124)
Victor Hugo – *Le Dernier Jour d'un condamné* (44)
Victor Hugo – *Les Contemplations* (livres I à IV) (163)
Victor Hugo – *Ruy Blas* (19)
Eugène Ionesco – *La Cantatrice chauve* (20)
Eugène Ionesco – *Le roi se meurt* (43)
Laclos – *Les Liaisons dangereuses* (88)
Mme de Lafayette – *La Princesse de Clèves* (71)
Jean de La Fontaine – *Fables* (livres VII à XI) (164)
Marivaux – *Les Fausses Confidences* (170)
Marivaux – *L'Île des esclaves* (36)
Marivaux – *Le Jeu de l'amour et du hasard* (55)
Guy de Maupassant – *Bel-Ami* (27)
Guy de Maupassant – *Pierre et Jean* (64)

Guy de Maupassant – *Une partie de campagne et autres nouvelles réalistes* (143)
Patrick Modiano – *Dora Bruder* (169)
Molière – *Dom Juan* (26)
Molière – *L'École des femmes* (102)
Molière – *Les Femmes savantes* (149)
Molière – *Le Malade imaginaire* (171)
Molière – *Le Misanthrope* (122)
Molière – *Le Tartuffe* (48)
Montaigne – *Essais. Des Cannibales, Des coches* (161)
Montesquieu – *Lettres persanes* (103)
Alfred de Musset – *Lorenzaccio* (111)
Alfred de Musset – *On ne badine pas avec l'amour* (86)
George Orwell – *La Ferme des animaux* (106)
Pierre Péju – *La Petite Chartreuse* (92)
Charles Perrault – *Contes* (137)
Francis Ponge – *Le Parti pris des choses* (72)
Abbé Prévost – *Manon Lescaut* (23)
Racine – *Andromaque* (22)
Racine – *Bérénice* (60)
Racine – *Britannicus* (108)
Racine – *Phèdre* (39)
Arthur Rimbaud – *Œuvres poétiques* (68)
Edmond Rostand – *Cyrano de Bergerac* (148)
Stendhal – *Le Rouge et le Noir* (160)
Paul Verlaine – *Poèmes saturniens* et *Fêtes galantes* (101)
Jules Verne – *Voyage au centre de la Terre* (162)
Voltaire – *Candide* (18)
Voltaire – *L'Ingénu* (85)
Voltaire – *Micromégas* (117)
Voltaire – *Traité sur la tolérance* (135)
Voltaire – *Zadig* (47)
Émile Zola – *La Fortune des Rougon* (46)
Émile Zola – *Nouvelles naturalistes* (83)
Émile Zola – *Thérèse Raquin* (107)

Cet ouvrage a été composé par Palimpseste à Paris.
Iconographie : Any-Claude Médioni.

Imprimé en Espagne par Novoprint (Barcelone)
Dépôt légal : août 2014 – N° d'édition : 70118942-02/août20

PEFC PEFC/14-38-00277